《红楼梦》

修辞造词研究

栾 妮◎著

齐鲁书社

· 济南 ·

图书在版编目（CIP）数据

《红楼梦》修辞造词研究 / 栾妮著. -- 济南 : 齐
鲁书社, 2024.6
　　ISBN 978-7-5333-4887-8

　　Ⅰ.①红… Ⅱ.①栾… Ⅲ.①《红楼梦》－生造词语
－研究 Ⅳ.①I207.411

中国国家版本馆CIP数据核字(2024)第103684号

责任编辑　班文冲
装帧设计　亓旭欣

《红楼梦》修辞造词研究
栾　妮　著

主管单位	山东出版传媒股份有限公司
出版发行	齐鲁书社
社　　址	济南市市中区舜耕路517号
邮　　编	250003
网　　址	www.qlss.com.cn
电子邮箱	qilupress@126.com
营销中心	（0531）82098521　82098519　82098517
印　　刷	山东华立印务有限公司
开　　本	880mm×1230mm　1/32
印　　张	7
插　　页	3
字　　数	160千
版　　次	2024年6月第1版
印　　次	2024年6月第1次印刷
标准书号	ISBN 978-7-5333-4887-8
定　　价	56.00元

序

唐子恒

　　关于语言中词汇与修辞之间关系的研究，人们往往比较关注修辞对词义演变的作用，认为修辞是词义发展的动因之一，临时的修辞用法上升为词语的固定义项是词义引申的重要方式。其实，修辞与词汇相互作用还有另外一种表现方式——修辞造词。从本质上说，修辞造词其实就是修辞方式的临时使用形式逐渐固化为词汇系统中常规成员的过程。

　　栾妮老师从读硕士研究生时就对修辞学感兴趣。在攻读博士学位时，她开始关注修辞与词汇的关系。经研究发现，因修辞手法的使用而产生新词，是上古已有的语言现象，这种现象不仅涉及词汇学，而且与修辞学、语法学都有密切关系。以修辞方式创制的词往往含有更加丰富的色彩意义，对这些词来说，仅仅从构词上来分析是远远不够的。而从造词的角度来看，这些词也区别于一般造词法造出的词。因此，对修辞造词做进一步研究非常有必要。

　　另外，古典小说巨著《红楼梦》已经摆脱了说书体通俗小说的叙事模式，其内容涉及日常生活的方方面面，而且与以往的古典小说相比，《红楼梦》更加注重人物的内心描写。全书所用词汇涉及面广，其修辞造词现象的类型、数量都很丰富，是理想的研究语料。于是，栾妮老师把自己博士论文的题目定为"《红楼梦》中修辞造词研究"。

做博士论文时，栾妮老师已经在山东大学任教，教学任务很重，课余时间还要相夫教子，论文写作之难，可想而知。但栾老师克服了各种困难，用一年多时间，从《红楼梦》和其他有关典籍中搜集到大量修辞造词语料，作为直接研究对象，为后面的写作打下基础。近些年来，栾老师仍在教学之余，继续关注修辞造词问题的研究，在自己的博士论文研究基础上，又先后在《社会科学家》《东岳论丛》《红楼梦学刊》等期刊上发表多篇有关《红楼梦》修辞造词的研究论文。

在书中，作者首先阐述了"造词""造词理据"和"修辞造词"这三个概念及相互关系，简略梳理了汉语修辞造词发展过程，并分析阐述了汉语修辞造词研究的历史和现状，以及汉语修辞造词研究的意义。书的主体部分，在对比喻造词、借代造词、委婉造词、夸张造词及其他修辞造词类型进行梳理介绍的基础上，从多样性和唯美性两个方面归纳概括了《红楼梦》修辞造词的显著特色，并总结了《红楼梦》修辞造词所体现的一般规律。

以往学界对修辞造词的研究更多集中在语言事实的罗列，缺乏对修辞造词过程的动态研究，深度挖掘不足，还未有重大理论的建树，从这个意义上讲，作者的这篇专著堪称创新之作，为这个领域的研究注入了新的活力。我为栾老师取得这样的研究成果感到高兴。在这部专著即将出版之际，我应作者的要求写了上面的话，权且充作序言，也借此表达对作者的祝贺和鼓励。

2024年4月

凡　例

1. 本书的研究对象为《红楼梦》［（前八十回）曹雪芹著，（后四十回）无名氏续，程伟元、高鹗整理，中国艺术研究院红楼梦研究所校注，人民文学出版社2022年版］中出现的修辞造词。其中对词的界定以词典收录为标准，包括那些相当于词的单位，如成语、熟语等，但不包括那些出现在《红楼梦》中却未被《现代汉语词典》（第7版）（商务印书馆2016年版）、《汉语大词典》（上海辞书出版社2008年版）等辞书收录的语言单位，如"老君眉""荡悠悠"等（说明它们还未成为词汇库中的稳定成员）。

2. 书中引用《红楼梦》例句处，均已标明书名、回数。

3. 书末附有本书的参考文献。因考虑到有的文献先后被不止一次引用和参考，无法按引用的先后顺序排列。故按书籍在前、期刊论文在后的顺序列出。行文中直接引用他人说法之处，若已在文内说明作者、书名，文末的参考文献一般不再赘列。

4. 书中单独援引例句处，均以楷体字标示。

5. 对要论述的、处于例句中的某个词，为方便读者阅读，用着重号标注。

6. 对书中引用的读者熟知的经典著作，如《诗经》《史记》《西游记》等，还有通用的大型工具书，如《现代汉语词典》《汉语大词典》等，一般在行文中注明出处，不另加注释，文末的参考文献亦不赘列。

7. 为论述方便，书中引用前贤之言处，均直称其名，并无不敬，敬请谅解。

8. 为论述的全面性和科学性，书中的少部分例词和例句来自《红楼梦》以外，但均已作了特别说明。

9. 考虑到语言文字的规范是一个历史范畴，规范不是一成不变的。因此，异体词和词形略有差异的也收录在内，如《红楼梦》中的"意出望外"（《现代汉语词典》中为"喜出望外"）、《红楼梦》中的"忽喇喇"（《现代汉语词典》中为"呼啦啦"）。

10. 附录为《红楼梦》修辞造词例词，在搜集整理过程中除用典造词和复叠造词因与其他类型交叉较多，为避免重复未完整列举以外，其他修辞造词类型例词力求全面。但属于兼格的例词通常只收录在一个造词类型中，不再重复列举。如"山响"同时属于比喻造词、夸张造词、摹绘造词，只将其列在夸张造词例词中。

前　言

在以往的现代汉语研究中，一般认为，修辞就是如何调整和修饰语言，把话说得更准确无误、清楚明白、生动形象的方法。与之相适应，修辞学研究的主要对象应该是怎样更好地选词成句和连句成篇。但我认为，不仅选词造句、连句成篇有修辞问题，选择词素创造新词同样有修辞问题。例如"柳叶眉"这个词，人们在创制它的时候，正是基于柳叶和女子细长的眉毛之间在外形上的相似之处，深层语义结构中有了"像柳叶一样形状的眉毛"这样的比喻修辞，然后才选择了"柳"（或"柳叶"）和"眉"作为表层构词词素（"柳叶眉"也作"柳眉"），最终使得"柳叶眉"（或"柳眉"）这个词在表达理性意义的同时也传达出形象的色彩意义。而其词义"女子细长秀美的眉毛"也不是词素义的简单相加，而是词素合成后的比喻义。从以上的分析可以看出，在题旨、情境确定的情况下，修辞其实要解决三个问题：选用什么样的语言材料，采用什么样的修辞方式，达到什么样的表达效果。这样来看，词的创制自然而然地就和修辞联系起来。这就是我们在本书中要研究的中心问题——修辞造词。

事实上，在汉语发展过程中，人们的造词活动始终伴随着修辞现象。古代汉语中就有很多修辞造词的方法。例如"丹青"。本来"丹"和"青"都是单音节词，分别表示红色的颜料和青色的颜料。因为它们经常在绘画中被用到，所以后来"丹青"就被合到一起直接指称绘画。这样的方法创制出来的词语我们称作借代造词。再如"归西"。死亡是人们普遍恐惧和忌讳的话题，在不得不指称的时候就尽可能迂回曲折地来表达。佛教以人死为"归西"，即到西方极乐世界去了。佛教传到中国以后，即使不信佛教的人们也常常用"归西"来委婉地代称死亡。这样的方法创制出来的词语我们称作委婉造词（兼有借代因素）。此外，还有比喻造词、夸张造词、用典造词等。在现代汉语中，修辞手法更是人们常用的一种创制新词的方法。用修辞造词法创制的新词不仅造词类型更加丰富多彩，而且绝对数量呈现出越来越多的趋势。在沈梦璎主编的《新词新语词典》中就有借助比喻格造出的"斑马线"，借助缩略格造出的"超市"，借助谐音格造出的"气管炎"（即"妻管严"的谐音），等等。可见，修辞造词是贯穿汉语从古到今发展的一个重要现象，对其进行研究非常重要。

目 录

第一章
汉语修辞造词概说

第一节　造词、造词理据与修辞造词

一、造词

　　"所谓造词就是指创制新词。它是解决一个词从无到有的问题。"①人们的造词目的是满足社会的交际需要。第一，新事物和新现象的不断涌现，是创制新词的客观动因。工农业、商业、交通运输业的不断发展，技术和科学的不断进步，就要求语言不断地创造新词来丰富它的词汇。例如："股市""外贸""拍卖"等词是随着生产的发展产生的，"宽带""纳米""蓝牙"等词是随着科技的进步产生的，"蹦极""韩流""美声"等词是随着文化的交流产生的，"美容""拒载""民工"等词是随着生活的变迁产生的。第二，人们思想

---

　　① 葛本仪：《现代汉语词汇学》，山东人民出版社2001年版，第73页。

认识的发展，是造词的主观动因。人们反映客观事物的认识并不是永远一成不变的。由于在社会生活中的实践，人们对自然界和社会的认识逐步加深。这样，反映客观存在的概念，也逐渐从混沌到清晰，不断分化出新的概念。随着新概念的分化，在词汇中势必出现与之相对应的新词。例如，起初只有一个"红"，后来伴随着认识的加深和指称的需要，又分化出"火红""粉红""紫红""橘红""猩红"等。第三，语言由旧到新的发展，是造词的语言动因。语言的发展是一个长期的、渐进的、缓慢的过程。但其间伴随着新质要素的产生和旧质要素的消亡。受新质要素影响的旧词语，逐渐演变为具有新质特征的新词。如表示天体的"日"为"太阳"所代替，表示寝具的"枕"为"枕头"所代替等。造词的素材是业已存在的语言要素。人们造词时运用的语言要素主要有语音、词汇（已有的）和语法，还有文字、修辞等。利用语音因素造词，使用的原料是不表义的音节。这种词的词素只表音，不表义，汉字仅仅记录音节，意义几乎被舍弃。例如"布谷""蛐蛐""丁当""哈哈"……都是如此。利用语法因素造词，使用的原料是形态标志。形态标志不能独立成词，仅仅表示语法意义，但能附着在别的语言形式的前、后或中间，使别的语言形式起语法性质的变化。例如"老师""肚子""甜头""黑不溜秋"……都是如此。利用词汇因素造词，使用的原料是语言中已有的词。即以词（旧词）造词（新词），造出来的就是我们通常所说的"合成词"。例如"霜降""立正""坟墓""报考"……都是如此。利用文字因素造词，运用的是文字方面表现出来的各种特点和内容。例如"丘八""丁字尺""十字路口"……都是如此。

二 、造词理据

（一）名与实的关系

我们了解了造词的原料和造词的动因，那么词是如何被造出来的呢？这就是造词法的问题。要了解词从无到有的创制过程，不能不追究名称和事物的关系，也就是词的语音形式和词所表示的对象之间的关系。

名称与事物的关系问题，是哲学史和语言学史上最古老的、最有争论的问题之一。在西方，古希腊哲学家从公元前5世纪就为此展开了争论。他们主要关注名称和事物之间的关系是约定的还是自然的，形成了著名的"自然派"和"约定派"。两派的代表人物分别是赫拉克里特和德谟克利特。"自然派"主张名称和事物的关系是天然的，每个名称都含有跟事物本身一致的"正确性"，不是一些人约定怎么称谓就怎么称谓的；"约定派"主张名称和事物的关系只是习惯的。相信事物的名称的获得完全在于约定俗成。后期的斯多噶学派和怀疑论者为同样的论题也发生过论战。一直到中世纪，在这个问题上，仍然存在着所谓的"唯实论"和"唯名论"的对垒。

在中国，更是早在两千多年前，先秦诸子（孔子、老子、墨子等）以及杨朱、班固等就对"名实"问题展开了讨论。基本上也分两派："本质"论和"规定"论。其中荀子提出的一个论点比较有代表性。他说："名无固宜，约之以命，约定俗成谓之宜，异于约则谓之不宜；名无固实，约之以命，约定俗成谓之实名。"①主张名称和事物的关系不是天然的、必然的，而是约定俗成的。

经过心理学家和语言学家多年的研究，我们今天基本上已达成共识，即词只是一种特殊的符号，它的能指（音响形象）和所指（概念）之间并没有内在的联系。它们之所以具有指代关系，完全是因为"约定俗成"。正如索绪尔所说："能指和所指的联系是任意的，或者，因为我们所说的符号是指能指和所指相联结所产生的整体，我们可以更简单地说：语言符号是任意性的。"②他在上述论述后又加了补充说明："任意性这个词还要加上一个注解……我们的意思是说，它是不可论证的，即对现实中跟它没有任何自然联系的所指来说是任意的。"③通过这一补充说明，索绪尔所谓"任意的"指的是"不可论证的"，即"无理据的"。

如上所述，词和所表者之间本来没有必然的联系：用某一语音形式去表达某一意义内容往往是偶然的，是出于人们的约定，习惯成自然，未必有道理可讲。这是语言的本质特点之一。只有认识到这一点，我们才有可能探讨语言发展的规律，

---

① 王威威译注：《荀子译注》，上海三联书店2014年版，第294页。

② 〔瑞士〕费尔迪南·德·索绪尔著，高名凯译：《普通语言学教程》，商务印书馆2010年版，第102页。

③ 〔瑞士〕费尔迪南·德·索绪尔著，高名凯译：《普通语言学教程》，商务印书馆2010年版，第104页。

研究语言的亲属关系，建立历史语言学和历史比较语言学。

（二）词的有理性

但是，在语言的发展过程中，我们越来越发现：后来产生的词，尤其是合成词，因为多半是在已有的词和概念的基础上形成的，因而它们的音义之间的关系并不全是任意的，用什么语音来表示什么概念往往有"理据"可说。即使是索绪尔，在他的《普通语言学教程》中，也一方面认定语言符号的能指和所指的联系是任意的，任意性是语言的头等重要的原则，一方面却又说："只有一部分符号是绝对任意的；别的符号中却有一种现象可以使我们看到任意性虽不能取消，却有程度的差别：符号可能是相对地可以论证的。"[1]这就是说，词在形成时逐渐地会有一种"理据"，作为它产生的依据和条件。比如"鹅蛋脸"，由于它是在"鹅""蛋""脸"等词素的基础上产生的，人们自然地就会理解为这是一种"上部略圆，下部略尖，形状如鹅蛋的脸庞"；再比如"哎哟"一词，由于它是模仿人的叹息声而造成的，所以人们也自然地会理解它是一个摹声词，表示着"叹息的声音"。而且这种理解和该词所表示的客观事物的实际也是相吻合的。语词的语音形式和意义内容的这种可解释性，我们称作语词的理据。

"理据"一词听起来较为生僻，但它并不是一个新词，在

---

[1] 〔瑞士〕费尔迪南·德·索绪尔著，高名凯译：《普通语言学教程》，商务印书馆2010年版，第181页。

南北朝时期已经出现。南朝齐僧岩《重与刘刺史书》中有"纡辱还诲，优旨仍降，征庄援释，理据皎然"①的句子。在这里，理据意为"论据""理由""道理之所在"。《简明语言学词典》最早收录了该词条："词的理据就是词义构成的道理，是一个词的词素与词素之间的语义联系或一个词词义发展的逻辑根据。"②研究词的理据，旨在阐明事物或现象为什么会获得这样或那样的名称，帮助我们认识词与词之间的联系以及词义演变和发展的规律。张永言是国内较早对词的理据有较多关注的学者。他把用作命名根据的事物的特征在词里的表现叫作词的"内部形式"，又叫作词的理据或词的词源结构，也就是某一语音表达某一意义的理由或根据。③例如，因为金星在日出之前出现在东方天空，预示着黎明的到来，人们就用"启明星"代称金星，这就是"启明星"一词的构词理据；因为被击打时发出"乒乓"的声音，就被称作"乒乓球"，这是"乒乓球"一词的构词理据。

为什么在人们造词和对词的理解过程中，会有这种理据存在呢？其根本原因就在于：第一，新词的创造是在已有的语言材料的基础上进行的；第二，人们对造词的语言材料认识上的共同性。这二者赋予了词形成的有理性和可理解性。也只有这

---

① 李二占、王艾录：《"理据"作为语言学术语的几种涵义》，载《当代外语研究》2011年第4期。

② 刘伶、王今铮等编：《简明语言学词典》，内蒙古人民出版社1985年版，第53页。

③ 张永言：《词汇学简论》，华中工学院出版社1982年版，第27页。

样，新产生的词才容易为人们所理解，用有限的语言材料才能造出无限的词语和句子，语言也才能很好地发挥它作为社会交际工具的作用。

（三）词的"理据"

词的音义之间具有有理性和可理解性，我们说这样的词有理据。所以，语词的理据，指的就是词义形成的可释性，也就是某一语音形式表示某一意义内容的原因或根据。它阐明了事物或现象的得名之由。我们要探求词是如何被造出来的，就不能不研究语词的理据。

促动和激发语词生成的动因有很多。也就是说导致一个语词从无到有地被创制出来的理据有很多种类型：许光烈（1994）将汉语词的理据归纳为摹声、语源、特征、替代、典故、简缩、禁忌等七种类型；李国南（1991）将造词理据分为拟声理据、语义理据和逻辑理据。张志毅（1990）从普通语言学的角度提出了词的理据的三种类型：自然型、习惯型、自然兼习惯型。王艾录（2002）按照汉语词汇产生和发展的不同阶段，将词的理据分成原生理据、派生理据和句段理据。在对语词理据的若干类型进行分析、归纳和总结中，我们不难发现，在复合词的构造理据中，修辞方式作为一种造词的方法和手段是很常用的。例如把形状有如老蚕的豆荚叫作"蚕豆"，那么"蚕豆"一词的造词理据就是基于比喻的修辞方式；因为俗传月亮中有蟾蜍，就用"蟾宫"代"月亮"，那么"蟾宫"一词的造词理据就是基于借代的修辞方式；因为讳言死亡，而把人死称作

"归西"，那么"归西"一词的造词理据就是基于讳饰的修辞方式；等等。

利用修辞方式，把语音、词汇等语言要素结合起来，创制新词，通俗地称作修辞造词，从理据的角度来说，其实就是以修辞方式作为造词的理据。

三、修辞造词

（一）广义和狭义的修辞造词

自陈望道的《修辞学发凡》将修辞分成了积极修辞和消极修辞两大分野以来，人们说到修辞的时候，通常有广义和狭义两种含义。

广义的修辞包含了一切对语言文字的修饰和调整，既包括积极修辞，也包括消极修辞。换言之，修辞不光包括以生动地表现为目的的对语辞的修饰，也包括了以明白为止境的对语辞的调整。即 "落霞与孤鹜齐飞，秋水共长天一色"（王勃《滕王阁序》）是修辞，"君子疾没世而名不称焉"（《论语·卫灵公》）也是修辞。狭义的修辞则通常只指积极修辞中的辞格（陈望道所说的积极修辞还包括辞趣）。本书所使用的术语——"修辞造词"中的修辞采用的就是"修辞"一词的狭义概念，所以，"修辞造词"即修辞方式（又叫辞格）造词。

之所以要对二者加以区分，原因在于广义、狭义的修辞造词是有区别的。既然修辞是"调整语辞，使达意传情能够适切的一种努力"①，那么也就可以这样理解：因为一切的造词过程，不管是基于语音的、语义的，还是基于语法的，都离不开对语辞的调整，所以一切的造词都可以认为是修辞造词；而我们本书所论述的修辞造词，则是狭义的，特指那些在造词过程中，以各种修辞方式为组织方式，充分运用形式方面的字义、字音、字形，同内容方面的体验性、具体性相结合，把语言要素运用的可能性发扬张大到极点，最终形成超脱寻常文字、寻常语法以至寻常逻辑的新形式，而使语辞在表意之外，更呈现出一种动人魅力的造词方式。

修辞方式有很多种。1905年出版的龙伯纯的《文字发凡·修辞》卷，是我国现代修辞学萌芽时期的重要著作，列出了四大类32个辞格；1923年出版的唐钺的《修辞格》借鉴了英国纳斯菲的《高级英文作文学》，把辞格分成五大类27个辞格；1926年出版的张弓的《中国修辞学》和1931年出版的陈介白的《修辞学》，在上述四大类之外，再增加"代替法"一类，前者下辖67个辞格，后者下辖87个辞格；1932年出版的陈望道的《修辞学发凡》把辞格分成五大类38个辞格。但修辞方式涉及用字、遣词、炼句、裁章、谋篇等各个方面，所以，不是所有的修辞方式都能成为造词的理据，换句话说，能造词的修辞方式只占其中很少的一部分，不超过14种（以陈望道的分类为标准）。

① 陈望道：《修辞学发凡》，上海教育出版社2001年版，第3页。

（二）修辞造词的类型

任学良的《汉语造词法》把汉语的造词方法分为五大类：词法学造词法、句法学造词法、修辞学造词法、语音学造词法、综合式造词法。第一次将造词过程中以修辞方法（就是俗称的辞格）为手段的一类单独分离出来，单列一类，称作"修辞学造词法"。在修辞学造词法下面，再根据修辞方式的具体类型分为比喻式、借代式、夸张式、敬称式、谦称式、婉言式、对比式、仿词式八个小类。

在任学良修辞学造词法的基础上，我们在对汉语的造词法体系进行考察之后，初步总结出汉语修辞造词的类型大致有四大类12种：

1. 基于语音的修辞造词：摹绘。

2. 基于语义的修辞造词：比喻、借代、夸张、委婉、移就。

3. 基于语形的修辞造词：析字、节缩、对偶、仿拟。

4. 基于语法的修辞造词：转类、复叠。

促动和激发一个词从无到有生成的理据有很多。王艾录、司富珍的《语言理据研究》一书把语词的理据分为词内的语文理据和词外的文化理据。拿"驸马"一词来说，它的产生是因为汉代有"驸马都尉"官，后由于皇帝的女婿常任此官，人们就借用该官职代称皇帝的女婿。所以，"驸马"一词既有文化理据，又有语文理据（具体地说，是借代的修辞方式）。当我们把"驸马"一词归为借代造词一类的时候，这仅仅意味着，我们认为，该词产生的语文理据之一是借代的修辞方式，并不意味着对其他文化理据的否定。此外，促动一个词从无到有地被创

制出来，不仅有多个不同的共时理据，而且即使语文理据也许
并不止一个。比如"三教九流"一词，其文化理据是中国古代曾
并存过儒教、佛教、道教三种影响较大的宗教和儒家、道家、
法家、墨家、名家、阴阳家、纵横家、杂家、农家九种思想流
派。而用三种宗教、九种流派泛指宗教、学术中各种流派或社
会上各种行业，说明该词形成的语文理据之一是借代的修辞方
式；又说明该词生成的语文理据中还借助了节缩和对偶的修辞
方式。在本书中，无论是为了分类，还是为了称说的方便，我
们都不得不在某一种造词的修辞方式下列举若干语词，但这并
不意味着该词只有这一个语文理据，也不意味着对其他理据的
否定，而只代表该词包含该理据而已。

（三）修辞造词的特征

在本书中，修辞造词有两个含义：一是动词性的，表示以
修辞方式造词，促动一个词从无到有被创制出来的过程；二是
名词性的，表示以修辞方式为造词理据的造词成果。

不用修辞方法造出来的词，其造词的宗旨往往以明白准确
地表述为目的，精确地记录事物的形态、性质、组织等，将意
思的轮廓整合成定性的语言材料即可，其意义往往比较直白。
其表达的方式多是抽象的、概念的、理性的，其形式也因受到
逻辑、语法的制约而倍显规整。

我们所研究的修辞造词，却是一种表现的表达，目的是使
人感受。因而在造词的过程中，积极地利用一切的感性因素，
如语音、形体等，同时又使语言的意义带有体验性、具体性和

情趣性，使读者接触后便有种种感受。它们形象生动，在表达词汇的概念意义的同时，更鲜明地表达出了词汇的色彩意义，增强了语言的抒情性和表意性，能给人留下更深刻的印象。

具体地说，修辞造词不同于一般语词的特征主要表现在以下两个方面：

1. 一定包含了某种修辞方式。

2. 比较浓厚的情趣性。

第二节　汉语修辞造词发展的历史和现状

古人对修辞的运用源远流长，经久不衰。在长期的运用过程中，修辞手段的运用对词语的产生和发展起了深刻的影响。古代汉语，特别是上古汉语，以单音节词为主，只有少量的复音节词，后来复音节词的数量不断增多。促成复音节词发展的因素是多方面的，某些复音节词的形成，往往跟修辞手法的运用有关。如比喻、借代、婉曲、夸张、用典、缩略、仿拟等修辞手法都能促成复音节词的形成。

一、古代汉语修辞造词发展的状况

（一）《诗经》中的修辞造词（雏形）

《诗经》是我国第一部诗歌总集，其语言的丰富性、生动性为后世诗歌语言的树立开创了经典的范本。归纳这条"文学之河"源头上的语言修辞现象，我们可以窥见早期修辞造词的真实面目。

首先，我们看到《诗经》中为了模拟自然界的各种声音而首创了大量的象声词。有模拟鸟鸣或虫兽叫声的："风雨潇潇，鸡鸣胶胶。"（《郑风·风雨》。《毛传》：胶胶，犹喈喈也。）有模拟鸟兽动作声音的："肃肃鸨羽，集于苞栩。"（《唐风·鸨羽》。《毛传》：肃肃，鸨羽声也。）有模拟风雨雷电江河水声等的："河水洋洋，北流活活。"（《卫风·硕人》。《说文》：活，流声也。）至于模拟人活动时发出的声音，如采摘、聚集、敲击、砍伐等的象声词更是不胜枚举。

《诗经》中为什么如此广泛地出现"摹声"词呢？与其牵强地说是早期先人们修辞艺术的独有安排，不如说摹声是人类语言能力中较易达到的，是语言发生过程中最初的一种造词方式。"原始人类的语言，一定是非常简单的，能发的音，也一定不像现在的复杂……倘从牙牙学语的婴孩的发音中，来求他由简单而复杂的过程，集合好多材料整理出一个条理来，或者可以窥见原始人类语言进化难易先后的程序。"①德国的著名语言学家雅各布逊也在他的《儿童语言、失语症和语音普遍现象》一书中提到：儿童学会音位的次序时有一个重要特点，即摹声起着重要作用，幼儿正是模拟自然声响时学会许多语音的。②我们从雅各布逊用以描述儿童语言习得过程的婴儿发音实例中不难看出，叠音如papa（爸爸）、mama（妈妈）、nana（奶奶）等是人类个体最早的语音特征。

从最初本能地"摹声"，到后来频繁地、有意识地以一种具体的形式，比如"叠音"来造词，意味着修辞造词的里程碑式进展——"重言"（包括摹声）造词诞生了。朱广祁（1985）在《〈诗经〉双音词论稿》中说："重言在《诗经》中的作用，一是摹声，一是拟写事物的态貌。摹声也是为了拟写态貌，所以重言的绝大部分可以归入形容词。"③最早从修辞角度讨论《诗经》重言叠字现象的刘勰，也在《文心雕龙》中一一罗列了例词："故灼灼状桃花之鲜，依依尽杨柳之貌，杲杲为出日之容，瀌瀌拟雨雪之状，喈喈逐黄鸟之声，喓喓学草虫之韵。"④

所以，无论产生的原因如何，《诗经》中大量出现的摹

声、重言词，为后世修辞造词提供了第一个范例，是后世修辞造词生生不息发展的源头。在以后的作品中，重言叠字词大量出现，它们除了充当形容词和象声词，也间或充当名词和动词。

需要说明的是：在现代的修辞学体系中，"重言"被称作"叠字"。黄振民是这样解释的："当行文之时，凡将同一之字，重复使用之修辞法，曰叠字法。《诗经》作者亦常使用此法。一般言之，《诗经》作者使用此法，就其应用而言，多系就事物之声音及其状态二者加以摹写。兹即别为摹声、摹状二类……"[①]后世的学者观点基本类于此。

从最初本能的摹声到后来有意识地大量运用"重言"的方式（现代修辞学著作称作"复叠"或"叠字"格）创制新词，这是《诗经》所代表的上古时代早期汉语修辞造词最突出的特征，也是修辞造词发展的源头。除了广泛地运用摹绘格、复叠格以外，比喻、借代、夸张、对偶等修辞手段也广泛出现在《诗经》中。首先是比喻，《诗经》中几乎无处不见比喻的影子，如《卫风·硕人》："手如柔荑，肤如凝脂，领如蝤蛴，齿如瓠犀，螓首蛾眉。"通过系列比喻描绘了鲜活生动的美人形象。后世的人们以凝固了的油脂（即文中的"凝脂"）比喻洁白细嫩的皮肤，创制出"凝脂"一词；以蚕蛾的触角比喻女子细长而弯的眉毛，创制出"蛾眉"一词，它们都是典型的比喻造词。但从中可以看出，它们出现在《诗经》中的时候还只

---

① 胡晓靖：《〈诗经〉叠字构词及其对后世的影响》，载《天水师范学院学报》2006年第4期。

是对语境有密切依赖的修辞格，使用的也只是原义，而非比喻义。在《诗经》里，同比喻格一起出现的，还有借代格。如："有靦面目，视人罔极。"(《小雅·何人斯》)。后世的人们以容貌的主要组成部分——脸的形状和眼睛（即"面目"）——来代替容貌，创制出"面目"一词，是典型的借代造词。但同"凝脂""蛾眉"等一样，"面目"在《诗经》中出现的时候，在词形上还只是两个单音节词的临时组合，在意义上还只是两个词的词义简单相加。也就是说，它还是词组而不是词。但这正是修辞造词发展中的第一步。正是由于最初的时候，许多词语被赋予临时性修辞手法，随着人们的反复运用，临时性功能才被逐渐固定，而最终原来的修辞用词也转化为一般用词。正是有了《诗经》中这种修辞格的酝酿、单音节词的临时复合，才为后来修辞格在词汇系统中的固化，即修辞造词的发展奠定了基础。可以说，有了比喻、借代、摹声、复叠等修辞手段的首创运用，不仅极大地增强了《诗经》的语言魅力，使《诗经》生动鲜明，富于变化，造成语言的陌生化，而且正是在这些相对固定的词组出现的基础上，后来由于《诗经》的巨大影响引起人们的普遍习用，才促使这些临时词组变成了稳定的复音节词，如"琴瑟""桃李"等。在《诗经》中，像这样性质的词组，借助比喻形成的有四十多个，借助借代形成的有三十多个，这对丰富和发展汉语词汇起了极大的推动作用。

但毕竟《诗经》还是中国文学的源头，无论是单音节词向复音节词的转化，还是语言艺术的尝试都还处于初创期，因此，借助的修辞手段类型还比较少，只有四五种，创制的词语数量还不多，只有几十个，与以后汉语修辞造词的发展繁荣情况不能同日而语。

(二)《汉书》中的修辞造词

《汉书》是东汉史学家班固殚精竭虑写成的一部伟大的历史著作。总体上看，《汉书》行文典雅整饬，用词古奥而富有时代特征，语言文雅却也有一定的口语色彩，较为全面地反映出此时期汉语书面语、口语系统的特色。根据张延成（2000）的统计，《汉书》中运用复音节词总数多达5468个，其中复合式复音节词就有4345个，其构词方式也日臻完备，造词方法丰富多样，较为准确地反映出上古汉语末期修辞造词的一般情况。相比之前的《诗经》，造词的修辞手法类型更多，不仅有摹绘造词、复叠造词，还增加了真正的比喻造词、借代造词、委婉造词、用典造词等，而且造词的数量大大增加，达到几千个，词形更加固定化。在《诗经》中，比喻造词尚处于萌芽状态，在词形上还仅仅是单音节词的临时组合，在意义上还是各自词义的简单相加。《汉书》中的比喻造词已经比较稳固。如"将军为国柱石"（《霍光传》），将本义分别是柱子和柱子下面的基石的两个单音节词"柱"和"石"组合在一起，形成新的复音节词"柱石"，借助的是比喻的修辞方式，其义也自然是比喻义：担负国家重任的人。再如"朝廷者，天下之桢干也"（《匡衡传》）。其中的"桢干"一词，将本义分别是古时筑墙时所立两旁的柱子和木板的两个单音节词"桢"和"干"组合在一起，形成新的复音节词"桢干"，借助的也是比喻的修辞方式，其义也是比喻义：能担当重任的人。除了比喻造词，《汉书》中还出现了委婉造词、用典造词等。如："前以降及物故，凡随武还者九人。"（《苏武传》）提及大多数人忌讳的死亡话题的时候，婉转地用"物故"的表达方法来替代，这是委婉造词。

修辞造词法在先秦时期基本处于酝酿阶段，稳定成形的修辞造词数量还不多，在《史记》中就有了相当多的数量，到《汉书》的时代又有了进一步的发展。突出地表现为借代法的运用更为普遍和复杂。《史记》中借代造词法只有6类，主要局限在处所代人、特征代人、功能代物品、动作代主体、部分代整体、具体代抽象，到《汉书》已发展到17类。例如："奸邪并生，赭衣塞路，囹圄成市，天下悉怨，溃而叛之。"（《刑法志》）以红褐色的衣服（即"赭衣"）代囚犯，是我们今天所说的借代造词的小类：以衣着服饰代人。又如："夫佳丽珍怪固顺于耳目，故养失而泰，乐失而淫，礼失而采，教失而伪。"（《严安传》）以"佳丽"代美貌的女子，是我们今天所说的借代造词的小类：以特征、标志代主体。再如："窃见安汉公自初束脩，值世俗隆奢丽之时。"（《王莽传》）用送给教师做报酬的干肉（即"束脩"）代替入学的时间（颜师古注："谓初学官之时。"），是我们今天所说的借代造词的小类：动作代时间。"长安号曰：'谷子云笔札，楼君卿唇舌。'"（《楼护传》）用唇舌代替言辞，是我们今天所说的借代造词的小类：以具体代抽象。此外，《汉书》中还有动作代主体、部分代全体、材料代成品等，不一一列举。

二、现代汉语修辞造词发展的状况

在考察了多本编撰于当代的新词语词典后，我们发现：首先，在现代汉语中，修辞造词已成为人们创造新词的常用方法，用修辞造词法创制出来的新词数量庞大。以于根元主编的《现代汉语新词词典》（共收录新词新义3710条）为例，我们对1978—1999年这段时期出现的新词新义情况进行了统计分析。结果表明，因修辞现象而产生的词条占全部词条的55%。这种统计结果虽然不仅包含新词，也包含新义，但仍能说明修辞造词在当今新词发展中的重要地位。其次，造词类型丰富多彩。例如：

比喻造词：草根　撑腰　草珊瑚　插足　王牌　网点　垃圾股　橄榄球

借代造词：水土　洗尘　飘红　开机　挂靴　流拍

委婉造词：弱智　下岗　残疾　挂彩　失聪　半身不遂

仿拟造词：网吧（仿"酒吧"）　导购（仿"导游"）　歌星（仿"寿星"）　速溶（仿"速冻"）　冷战（仿"热战"）　炒楼（仿"炒股"）

夸张造词：全天候　全方位　全民　万元户

缩略造词：五岳　三合土　四呼　博导　八国联军　小九九　三通

……

　　总体来说，在现代汉语借助修辞方式创制出来的新词语身上，所体现出来的新质要素并不多。在修辞方式的类型上，仍然没有脱离传统的比喻、借代、仿词、简缩等。但从在修辞造词总体中占据主导地位的具体修辞类型来看，古今却有明显变化。在古代汉语中，比喻、借代绝对是能产性最强的造词方式，但在现代汉语新词语中，这样的地位已经被仿拟和简缩所取代。在新词语产生的各种途径中，仿词手段的能产性最强（程国煜，2000）。刘晓梅（2003）在对10498条现当代新词语考察之后得出统计结果：简缩方式造成的新词有1111条，占总词数的10.58%；类推仿造（即修辞学上的仿词）的新词有776条，占总词数的7.39%；比喻方式构成的新词语只有448条，占总词数的4.27%；借代造词只有80例，占总词数的0.76%。从以上的资料可以看出，虽然统计可能不无出入，但我们仍然可以得出这样的结论：造词方法具有时代性。一方面，某个历史时期盛行的造词方法在另一个时期却衰歇了，如比喻；某一个时期处于萌芽状态的造词方法在另一个时期却处于强势地位，如用典。另一方面，同一种造词方法在不同的历史时期又有不同的内涵和特征，如借代。

三、当代网络词语中修辞造词发展的状况

　　自从互联网悄悄地进入并融入我们的生活，人类的生活就发生了日新月异的变化。它不仅带来了庞大快捷的信息，也带来了崭新的网络语言。网络技术对语言的影响主要有两方面：

一方面，产生了大量的网络技术术语；另一方面，产生了有别于以往口头语言和书面语言的网络语言。

从修辞造词的角度去分析，网络词汇（严格地说，还不能称作"词"。因为词的形成需要一个比较长的定型的过程。对于今天在网络上被频繁使用的那些相当于词的单位，我们还不能对它们是否最终会成为汉语词汇库中的成员下结论。"词"只是暂时对它们的称呼。）涉及的造词法主要有六种：

1. 比喻造词。例如把可以提供各种网页外观的网站称作"皮肤网站"，用"灌水"喻指到论坛上大量发帖子的行为。

2. 借代造词。例如用"养眼"代称长相好看（"养眼"是人长得好看的结果）。

3. 仿拟造词。例如仿照已有的"触电"造出"触网"，仿照已有的"酒吧"造出"网吧"。

4. 谐音造词。例如利用语音的相似，用"大虾"替代"大侠"，用"竹叶"指称"主页"。

5. 缩略造词。例如"电子邮件"简称"电邮"，"软盘驱动器"简称"软驱"。

6. 摹声造词。网络词语中的摹声造词主要是摹拟某些语言中某些词的发音来造词，也就是传统所说的音译。但与以往的音译不同的是：这类词在音译的同时，力争做到音义兼顾，并且多有谐趣的色彩。如"伊妹儿"（e-mail）、"黑客"（hacker）、"猫"（modem）等。

7. 别解造词。即通过对已有的汉语词语进行不同以往的别样解释而创造出新词。这种方法创制的词语，有的词性和褒贬色彩已发生了变化。例如"耐看"由原来的"禁得起反复的观看"演变为"耐着性子看"（不好看），"气质"由原来的"人的稳定的个性特点"演变为"孩子气、神经质"。

至于网络语言的其他形式，例如缩略汉语拼音的：像"GG"（哥哥）、"LG"（老公）；谐音阿拉伯数字的：像"886"（拜拜喽）；用键盘符号和数学符号组合起来的图标模拟某种表情的：像表示笑脸的"：-）"；等等。它们不具备词作为音义结合体的性质，也不为交际共同体所共同约定，我们不认为它们属于真正意义上的汉语词汇，所以不予以讨论。

从以上的分析，我们可以归纳出当代网络修辞造词的特点：

第一，虽然在造词的类型上仍旧与古代汉语、现代汉语一脉相承，但在网络造词中数量庞大，尤其像比喻、谐音、别解等一些具有高度形象性和生动效果的类型受到青睐。原因有两方面：首先，用修辞手法创造出大量有特别效果的词语，符合网络使用主体——年轻人追新求异、张扬个性的心理特征和释放现实生活中压抑情绪的情感需求。其次，网络世界是虚拟的，语言的生动可以在一定程度上弥补它遥远虚幻的感觉，拉近陌生人之间的距离。

第二，缩略、摹声等造词法的大量运用，体现了当代人追求经济、效率，以及与国际接轨的开放观念。

第三节　汉语修辞造词研究的历史和现状

一、汉语修辞造词研究的成果

　　目前为止，我们还未发现专门研究修辞造词的专著。但从先秦诸子对"名"与"实"的争论开始，对修辞造词的零星关注从未间断。早期汉语造词的研究是在构词的框架中零星涉及的。那时构词研究的目的应该是探讨词语的形成方法，但是半个多世纪以来（从19世纪末到20世纪40年代），受西方结构语言学派的影响，研究的目的和途径日益剥离，辗转绕到构词层面去了，使得二者界限不清。最早提出二者不同的是邢公畹，真正的区分是在孙常叙、陆志韦、任学良以及葛本仪等诸位学者的著作中。最早构拟出一套造词法体系的是孙常叙，他认为造词首先要考虑的是造词素材的特点，即"是形式和内容同时并重，还是只侧重在形式或内容"，其次是"造词素材是在什么方式下被使用的"，"最后才是依靠什么样的关系，把它们组织起来"。①这种思路在很大程度上抓住了造词法的实质。黎锦熙、刘世儒的《中国语法教材》首次提出"比喻造词"的术

---

　　① 孙常叙：《汉语词汇》（重排本），商务印书馆2006年版，第83页。

语。孙常叙的《汉语词汇》第一次在造词方法类型中提出象声造词、比拟造词和重叠造词的概念，虽然他把象声造词归为语音造词方法，把比拟造词归为语义造词方法，把重叠造词归为结构造词方法，而没有单独提出修辞造词方法，但已经说明，他在潜意识里已经注意到了修辞方式在造词中的重要地位，因为象声造词中最关键的造词理据就是摹声的修辞方式，比拟造词中最关键的造词理据就是比喻和比拟（有的还有其他方法，诸如移就）的修辞方式，而重叠造词中最关键的造词理据就是复叠的修辞方式。20世纪80年代，任学良的《汉语造词法》将汉语造词体系归纳为五种类型：词法学造词法、句法学造词法、修辞学造词法、语音学造词法和综合式造词法。第一次提出修辞造词的术语。1985年，葛本仪的《汉语词汇研究》一书系统描述了八种造词法，其中的摹声法、比拟法和减缩法都属于修辞造词的方法。李如龙的论文《汉语词汇衍生的方式及其流变》将汉语历史上主体的造词法概括为四种，其中的修辞转化一类涵盖了比喻造词、借代造词、减缩造词。在20世纪80年代造词研究成果的基础上，近几年更多的学者继续在这一领域内研究探索。其中王艾录、司富珍的《汉语的语词理据》和《语言理据研究》两部著作虽不是专门讲修辞造词问题的，但在修辞造词的理论方面颇有建树。在论文方面，研究与修辞造词问题有关的论文也开始出现。如：史锡尧的《名词比喻造词》、张延成的《〈汉书〉中的修辞造词》、朱明海的《命名与修辞造词法》等。

这些研究成果，无论是宏观的理论探讨还是微观的造词法分析，对于推动汉语修辞造词研究不断走向深入都具有重要的意义。

二、目前汉语修辞造词研究存在的不足

毕竟对修辞造词有意识的研究还刚刚起步，无论是在理论的深度上，还是在具体造词法的探讨上，都存在着种种不足：

第一，术语不统一。

虽然各位研究者所指称的对象基本相同，都是指辞格造词，但各家的名称却差异较大。任学良的《汉语造词法》把它称作"修辞学造词法"，史锡尧（1994）称作"修辞手法造词"，周洪波（1994）称作"修辞现象的词汇化"，李如龙（2002）称作"修辞转化"，就连徐杲本人在不同的文章中说法都不统一，有时称作"辞格造词"，有时则称作"修辞手法造词"（1999），而更多的学者则简单地称作"修辞造词"，如刁晏斌（2007）、张延成（2000）等。

徐杲（2006）认为还是叫"辞格造词"比较恰当。其理由是：把"修辞学"或"修辞"冠于"造词法"之前，不但会产生"造词法是隶属于修辞学的一个门类"的误解，而且名不副实。因为用来创造新词的只是修辞学中的一个门类——修辞格（即修辞手法）。

我们认为，修辞造词其实是一个漫长的过程，它不仅仅包含了从辞格到词汇，其实在辞格之前就已经在孕育，在准备，在酝酿，所以仅仅说"辞格造词"是不够恰当的。

修辞学中的其他门类与造词关系不大，这当然有道理。但我们认为，各个术语虽然有所不同，但"异名而同实"，"其旨一也"，不会发生理解的偏误。更何况，在修辞学中，狭义的"修辞"本来指称的就是修辞方式或修辞格。

第二，范围不统一。

任学良的《汉语造词法》把修辞引申也看作修辞造词。他说："比喻词的造词有两种：一是完全新造，如'仙人掌''银河''银耳'。二是采取移花接木的办法，利用旧词制造新词，如酝酿（发酵过程）→出酒→比喻（做准备工作）→完成任务。"[①]词是音义的结合体。因此，我们认为，不管该结合体的音和义都是新造的，还是只是新造了义，音还是借助了旧音的，因为它们都指称了新事物或新观念，都应该被看作新词。（详见本书的第四章。）但众所周知，语言是交际的工具，约定俗成是交际能够顺畅实现的前提。那么，就一说到造词，人们联想到的就是一个词从无到有地被创制出来的过程，而人们已习惯于把利用旧词制造新词称作引申，为了避免理解的混乱，本书就遵照已有的习惯，只把任学良所说的完全新造的一类称作修辞造词，而暂且不讨论利用旧词制造新词的一类。

第三，定义不统一。

历数各家的定义，不外乎运用修辞手法（即所谓的辞格）来创造新词的构词法等。

---

① 任学良：《汉语造词法》，中国社会科学出版社1981年版，第218页。

以上的定义都有些笼统。一个概念的定义，应揭示概念的本质特征，以区别于其他相关或相似的其他概念。修辞造词的定义，除了应揭示它在方法上与其他造词手段的区别，还应该揭示通过修辞方式创制出来的词语在色彩意义上区别于其他词汇的本质特征。

我们认为，修辞造词的定义应为：运用修辞手法从无到有地创制出具有特别效果的新词。定义中强调了两个关键因素：其一是"修辞手法"，这是修辞造词区别于其他造词法的本质特征；其二是新词，这样才能把"用旧词造新词"，即大家通常称作"修辞引申"的部分排除在外。

第四，缺乏动态过程的描摹。

以往的修辞造词研究，不论是对修辞造词理论的总结还是对具体修辞手法的研究，都以静态的描摹为主，很少涉及修辞造词形成的动态过程。

我们认为，修辞造词其实是修辞格在被运用中，逐渐由偶发、个性、动态到常用、普遍、静态的凝固过程，这一过程会受到若干因素的制约和影响。因此，我们的研究绝不能仅仅满足于对静态成果的罗列，而应该通过对大量语料的分析、比对，来揭示出这一动态过程的每一细节。

第四节　汉语修辞造词研究的必要性和意义

一、建立修辞造词说的必要性

（一）修辞造词法从构词法中分离出来很有必要

运用修辞手段组织词素，从无到有地创造出新词的方法叫作修辞造词法。虽然运用修辞造词法造成的词，都要经过语法结构的组装，但是有些时候，光靠分析这个词的语法结构和词素义的组合并不能获得对这个词的意义的正确而全面的了解。即不能认清成词的理据。因为在汉语的造词过程中，即使人们使用同样的词素，如果造词方法不同的话，也会产生意义完全不同的词语。比如：

花烛：旧时结婚新房里点的蜡烛，上面多用龙凤图案等做装饰。

烛花：蜡烛燃烧时烛心结成的花状物。

这两个词造词时所用的词素完全相同，都是由"烛"和"花"两个词素构成的，而且从构词的角度分析，也都是偏正结构。但是二者的意义完全不同。表面上看，词素的顺序不同导致意义的差异，实质上真正的原因在于两个词所使用的造词法不同。"花烛"所采用的造词法是说明法（即用现有的语言材料通过对事物加以说明从而产生新词的构词方法——葛本仪《现代汉语词汇学》中的造词法体系），两个词素之间构成一种偏正式的结构，词义是词素义按照构词方式所确定的关系组合起来的意义，即刻有花纹的蜡烛。而"烛花"采用的造词法是比喻造词法，其意义是蜡烛燃烧时烛心结成的像花一样形状的物质，是词素组合后的比喻义。类似的还有 "绿豆"和"豆绿"、"红枣"和"枣红"、"白雪"和"雪白"等。

（二）修辞造词法在造词法中单列一类很有必要

词汇库中有很多的实例可以说明：即使造词方法的大类相同，相同的词素材料仍然可以造出词义不同的词语。而如果不从修辞造词的角度去分析，根本无法解释清楚导致二者词义迥异的根本原因。比如：

脚根：脚的后部。

根脚：建筑物的地下部分。

这两个词的构成词素也是一样的，都是"脚"和"根"。按照孙常叙的造词法体系，它们同属于结构造词法中的修饰关系造词。但是，用结构造词法的理论根本无法解释二词：为什么语法结构相同，但是语义却完全不同？从比喻造词法的角度去分析，问题就迎刃而解了。"脚根"属于比喻造词法中的部分比喻式（即比喻性词素只是部分的构词方式），造词理据来源于脚的后部，其作用相当于树的根部；而"根脚"属于比喻造词法中的整体比喻式，构词理据是建筑物的地下部分，其作用相当于树的根部和人的脚部。所以二者所指不同。

从以上语言事实可以看出：造词方法的差异在一定程度上决定了意义的差异。所以深入细致地研究造词法，建立修辞造词法一说，无论是对于说明语源，了解词语的构词理据，还是对于弄清词义的基础形式，进而准确地把握词义，都具有非常重要的意义。

二、研究修辞造词的意义

（一）修辞造词的研究牵涉对词语的色彩意义的正确把握

造词的主要目的是创造新词来表示新概念，以标记不断丰富的客观对象，满足日益复杂的交际需求。但是，人类认识思维的多面性和发展性以及语言自身的丰富性和发展性都决定了造词的目的决不是如此的简单和纯粹。尤其是修辞造词，或者根本不是为了表示新概念，例如很多由单音节词发展而来的重言词"肃肃""凄凄""惴惴"等；或者不局限于表示新概念，在表示新概念之外，还蕴藏着形象的、情感的、语体风格的、时代的、地域的等各种不同的表达需求，例如"爪牙""走狗""阁下""寡人"等。它们在汉语词汇库中的价值，其色彩意义比词汇意义更突出。

修辞造词问题涉及造词法、造词材料、造词意图以及造词理据等多个方面的要素，其中的每一个要素都有可能在一定范围和程度上影响词的色彩意义。如"雪白"和"白茫茫"，色彩意义的不同缘于造词法的不同：前者是比喻造词，附加的是形象性，后者是摹绘造词，增添的是情态；"白蒙蒙"和"白茫茫"，色彩意义的不同缘于造词材料的不同：前者是"蒙蒙"，后者是"茫茫"；"白花花"和"白晃晃"，色彩意义的不同缘于造词意图的不同：都表示白，但前者重在耀眼，后者重在亮度；"雪白"和"银白"，色彩意义的不同缘于造词理据的不同，前者以"雪"为参照物，后者以"银"为设喻点。尽管并非所有的色彩意义都由造词来决定，如词的比喻意义所蕴含的形象色彩就是在用词的过程中通过增加新义项产生的，但是绝大部分的色彩意义要从造词中追根溯源才能探知其真正的形成机制。

因此，对修辞造词现象进行全面的研究，对充分理解汉语词义，特别是词的理性意义之外的色彩意义，具有十分重要的作用。

（二）修辞造词是词汇库中的重要组成部分

修辞造词使词汇库中增添了很多新词语，而这些词语同词汇库中的常规词语比较起来，有不平常的效果。

《诗经》中有很多词是重言的，如《小雅·鹿鸣》"呦呦鹿鸣"的"呦呦"，《郑风·风雨》"风雨凄凄"的"凄凄"，《秦风·黄鸟》"临其穴，惴惴其栗"的"惴惴"等。这些词都是借助摹绘的修辞方式形成的，它们或摹拟声音，或描摹情态，不仅在音韵方面声音优美，读起来朗朗上口，有很强的节奏感，而且在表达效果上，形象生动地再现了声音和情态，描画得栩栩如生，让读者如临其境，如闻其声。

　　能在表达词汇的概念意义的同时，还鲜明地表达出词汇的形象色彩的修辞造词，除了有摹绘词，还有比喻造词。例如，《庄子·内篇·人间世》"而强以仁义绳墨之言术暴人之前者"的"绳墨"。

　　修辞造词直接促成了词汇库中某些复音节词的形成。古汉语词汇以单音节词为主，但古代汉语中单音节词占优势的情况并不是一成不变的，从上古到中古，复音词的运用越来越多，比重越来越大。促成复音节词发展的因素是多种多样的，而其中不容忽视的一个方面是，某些复音节词的形成，往往跟修辞手法的运用有关。例如，《史记·项羽本纪》："如今人方为刀俎，我为鱼肉。"这里"鱼""肉"还分别是单音节词，用的也是其本义。后来"鱼肉"又经常被人们用作动词，含有任人宰割，"把……当鱼肉对待"的意思。《史记·魏其武安侯列传》："令我百岁后，皆鱼肉之矣。""把……当鱼肉对待"实际上有欺凌、践踏等意思。后来"鱼肉"经常处在谓语的地位，用来比喻人的处境，便逐渐固定为复音节词。《后汉书·仲长统传》："鱼肉百姓，以盈其欲。"这里的"鱼肉"已经成了"欺凌"的同义词。同样借助比喻修辞手法形成的复音节词还有"欲壑""心田""水火""领袖"等。再如"搢绅"，"搢"是插的意思，"绅"是带。古代官员须插笏垂绅，因以"搢绅"借代士大夫。《庄子·杂篇·天下》："搢绅先生，多能明之。""搢"又写成了"缙"。《后汉书·马武传》："遂使缙绅道塞，贤能蔽壅。"到这时"缙绅"已经成为固定表示"官员"义的复音节词了。同样借助借代修辞手法形成的复音节词还有

"冠冕""朱门""东宫"等。此外，借助委婉修辞方式形成的复音节词如"不毂""寡人""小人""陛下""殿下""足下""阁下"等。单音节词的多义性、灵活性，造成了人们理解上的困难，再加上不少单音节词是难字僻字，那就更不易读懂了。而复音节词的形成与发展，则改变了这种状况。研究复音节词，研究借助修辞方式形成的复音节词，对更好地阅读和理解典籍有很重要的作用。

修辞造词促成了词汇库中某些同义词的形成。同义词的形成有很多原因。有些同义词的形成跟社会的发展有关，有一定的时代性。在西汉及以后相当长的一段时间里，儒家思想占统治地位，而儒家非常重视上下尊卑的秩序。统治阶级和他们的文人，定了条条框框，规定了不同词语的用法。这种硬性规定往往以礼和法的名义冠冕堂皇地固定下来，成为官员和文人学士共同遵守的成文的或不成文的法规，因而我国古代典籍有不少打上了这种烙印。委婉语的大量使用，就是构成同义词的一个重要方面。例如，把"居官"说成"忝守""备员"；把"死"说成"不讳""不幸""物故""捐馆舍""归丘""填沟壑"，等等，都是这种情况。而有些同义词是由于语言的运用而产生的，这突出表现为修辞手法的运用。比喻、借代、割裂等修辞手法的运用，使某些本来毫无关系的词语形成了同义关系（上文提到的委婉语也是委婉的修辞手法形成的）。例如，比喻修辞方式造成的"手足""骨肉""股肱""肺腑"等分别和已有的"兄弟""亲人""大臣""亲信"等成为同义词；借代修辞方式造成的"春秋""管弦""口舌"等分别和已有的"年龄""音乐""话语"等成为同义词；用典修辞方式造成的"逆耳""孔怀""怙恃"等分别和已有的"忠言""兄弟""父母"等成为同义词。

同义词研究是汉语词汇研究的一个很重要的方面。研究修辞造词，对认识同义词，对汉语词汇研究都有重要的意义。

总之，修辞造词是汉语词汇学的一个重要的基础理论问题。修辞造词的研究，有助于正确理解汉语复合词词素义和词义的关系，有助于更好地阅读古代典籍，还有利于我们今天创造新词。

第二章
《红楼梦》修辞造词概貌

　　仅仅以一部作品就为后世读者构拟了一个时代的作家，在世界文坛上也只有寥寥可数的几位，而曹雪芹正属于人类文化史上这种为数不多的民族语言巨匠之一。他对汉语的贡献，正如13、14世纪的但丁对于现代意大利语，16、17世纪的莎士比亚对于现代英语，19世纪的普希金对于现代俄语一样。

　　一个作家或一部著作所使用的词语的总汇，可以称作这个作家或这本著作的词汇。如鲁迅词汇或《荀子》词汇等。《红楼梦》的词汇，一直到今天，我们仍在说和写。曹雪芹忠实地记录了当时的通语，提炼了极富表现力的口语、外来语，又广泛吸收了方言词语和文言词语等。这些词语汇合在一起，形成了既具民族共性又具曹雪芹个性的《红楼梦》词汇。

　　语言是文学作品的第一要素。《红楼梦》的语言，清新自然，含蓄淡雅，简洁洗练，鲜活生动，细腻地表现出特定时代的历史文化细节和氛围，刻画出鲜明而独特的人物形象，让人如睹其况，如闻其声，如见其人。而这一语言特色的实现，与曹雪芹本人对语言艺术的主动追求息息相关。他的苦心造诣、唯美追求体现在很多方面，其中之一就是对修辞造词的大量沿用、借用、新用。

从《诗经》"关关雎鸠"中的摹声造词"关关",到当今网络流行语中的谐音造词"斑竹",修辞造词经历了长足的发展。可以说,没有古代汉语修辞造词技巧的尝试、积累、丰富,就不会有现代汉语修辞造词的成熟、创新和稳定发展。而《红楼梦》就处于这样一个承前启后、辞旧迎新的连接点上。回头一望,它积淀和浓缩了从上古以来修辞造词的成果;朝前一看,它则为现代汉语修辞造词的创新提供了依据和范本。

《红楼梦》修辞造词类型,几乎涵盖了古今修辞造词的所有类型,只是不同类型的修辞造词所涉及的词语数量有多有少。我们从所有的类型中选取了出现频率比较高的是以下类型(见附录部分具体例词)。

第一节　比喻造词

一、比喻造词的定义

世界上许多语言中都存在着比喻造词现象。比喻造词虽不是汉语所特有的,但在汉语中却表现得特别突出。比喻造词,简单地说,就是利用比喻这一修辞方式创制的新词。当人们着眼于事物之间相似性的联系时，通常会以比喻的形式把这种认识表现出来，并运用一定的语言形式（句子、短语或词）固定下来。长期地使用某一语言形式来打比方，久而久之，该语言形式就会凝结为词。例如人们在现实生活中看到一种石头与鹅卵的形状很相似，便经常用"鹅卵"来比喻这种石头。慢慢地，"鹅卵石"这个格式简洁、语义凝练、形象生动的比喻造词就形成了。《红楼梦》中的比喻造词包括由两个汉字构成的双音节词，例如"虎狼""风尘"等，也有由三个汉字构成的三音节词（多半是"惯用语"），如"中山狼""耳旁风""醋罐子"等，还有以四个汉字以及四个以上汉字构成的多音节固定短语（一般称为"成语"），如"寄人篱下""墙倒众人推""百足之虫，死而不僵"等。不管外在形式如何，在每一个比喻造词中，都包含着一个比喻。这是它们的本质特征。包含的这个比喻是人们理解该词词义的基础，也是该词产生的理据。形成新词的词素都是从这个比喻中抽取出来的。

二、比喻造词的类型

比喻造词是比喻的修辞方式在词汇系统中凝固化的结果，与比喻的修辞方式息息相关。完全型的比喻修辞方式在言语表现形式上应该同时具有"本体""喻体""喻词""喻解"这四种成分。例如："他奶奶病了，他又成了香饽饽了，都抢不到手。"（《红楼梦》第60回）在这句话中，"他（平儿）"是本体，"香饽饽"是喻体，"成了"是喻词，"抢不到手"（即抢手货）是喻解（解释本体和喻体间的相似性）。但并非所有的比喻修辞方式在言语表现形式上都会同时出现这四种成分，传统的语言学根据本体、喻体和喻词这三个因素在言语表达层面出现的情况的不同，将比喻修辞方式分为明喻、暗喻和借喻三个基本类型。虽然比喻造词在言语表现形式上并不完全等同于比喻修辞方式，但为了论述和指称的方便，我们仍根据这四种成分的出现情况，把比喻造词也分为三大类：

（一）借喻式词语

借喻式词语是指比喻造词中那些在词语表层平面只有喻体出现的词语。

《红楼梦》第2回写贾雨村"生性狡猾，擅篡礼仪，且沽清正之名，而暗结虎狼之属"。其中的"虎狼"是借助比喻修辞方式创制的词语，意为"凶狠残暴的人"。其深层语义结构，或者说造词理据，应为"凶狠残暴的人如同虎狼一样"。但在词语的表层平面，只有喻体是显性的，本体、喻词和喻解均被隐藏到了词语的深层语义结构里。虽然字面上只出现了喻体，基于人们对于"凶狠残暴的人"和"虎狼"之间众所周知的相似性，直接用喻体指称本体，"虎狼"一词的词义不言而喻。既然借喻的修辞方式指的就是在言语表达层面只出现喻体的比喻，那么我们就可以把这种类型的比喻造词理解为脱胎于借喻的修辞方式，即"借喻式词语"。

"雪白"的词义是"像雪一样的洁白"，"粉碎"的词义是"碎得像粉末"，"月洞门"的词义是"像月亮形状的门"。与

"雪白""粉碎""月洞门"等类型的比喻造词字面义是词语的实际意义不同，借喻式词语的词义并不是其字面义，而是其比喻义。如"紧箍咒"，其字面义或者说其内部形式"使孙悟空头上的金箍缩紧的咒语"并不是该词的词义，人们用使孙悟空头上的金箍缩紧的咒语来比喻束缚人的东西，由此产生的比喻义"束缚人的东西"才是"紧箍咒"一词的词义。同样，"佛手"一词的词义也并不是其字面或内部形式所对应的意义"佛祖半握着的手"，而是用"佛祖半握着的手"的形状来比喻一种植物的果实。它是一种常绿小乔木的果实，鲜黄色，下端有裂纹，有芳香，样子像佛祖半握着的手。由此产生的比喻义"形状像佛祖半握着的手的果实"也就成了"佛手"一词的词义。这样的词语由于喻体经常代替本体来表示客观事物，久而久之，人们已经感觉不到它是比喻了。喻体和本体合二为一，人们直接透过喻体感受到了本体。

由于借喻造词就是借喻修辞方式在长期语言应用中凝固的结果，而从灵活的修辞方式演变为固定的词汇却是一个长久的过程，因此，在语言运用中我们常常会面临如何判断一个词语究竟是借喻修辞方式的喻体还是已经固化为借喻造词的问题。我们来看下面的例句：

（1）大家采了些花草来兜着，坐在花草堆中斗草。这一个说："我有观音柳。"那一个说："我有罗汉松。"那一个又说："我有君子竹。"这一个又说："我有美人蕉。"这个又说："我有星星翠。"那个又说：

"我有月月红。"(《红楼梦》第62回)

（2）薛文龙悔娶河东狮　贾迎春误嫁中山狼(《红楼梦》第79回)

在例句（1）里出现的表示花草名称的六个词语："观音柳""罗汉松""君子竹""美人蕉""星星翠""月月红"，结构非常相似，但除"美人蕉"是借喻造词以外，其他都不是固定的词语，而是借喻修辞方式中的喻体。在例句（2）里，"河东狮"和"中山狼"结构也相似，但"中山狼"是有固定词义的词，而"河东狮"是借喻修辞方式中的喻体。

对于一个看起来像词的单位，如何区分它到底是借喻造出来的词还是仍然是借喻修辞方式中的喻体，以及形成这种差异的原因，这个问题我们将在第四章中详细论述。

借喻的修辞方式通常指那些在言语表达层面只出现喻体的比喻，借喻造词也是一样。但对于《红楼梦》比喻造词中像"如胶似漆""如鱼得水"这一类，虽然在词语表层除喻体之外，还出现了喻词，我们仍然倾向于把它们归为借喻造词。

借喻式词语的表层平面只出现比喻的喻体，这些喻体的语义类型主要可以分为三类：第一类，喻体为物体名称的。用一个事物来比喻与它有相似性的另一事物，这是喻体中最常见的类型。例如"火坑""泥胎""高枝儿"等。第二类，喻体为人体感觉的。数量比较少。例如"辛酸""痛痒"等。第三类，喻体为事理的。这反映了人们认识世界时由具象到抽象，由已有经验推知陌生事物的思维特征。例如"墙倒众人推""狗急跳墙""远水解不了近渴"等。

借喻式词语能以喻体径直指称本体的关键在于二者相似性的存在。借喻式词语的喻体和隐含的本体之间的相似性有两种：外在的相似和内在的相似。像"烛泪""猫儿眼""龙眼""蝇头"等，被指称的事物和用来打比方的事物之间外形很相似。而"粪土""荼毒""续弦"等虽然没有形体的相似，但在性质、作用、效果等方面却极其相似。

与暗喻式词语的语法结构都是单一的偏正式不同，借喻式词语的语法结构比较多样，包含了各种类型：有偏正式，如"龙眼""皮囊""半瓶醋"等；有并列式，如"风尘""矛盾""禽兽""烈火干柴"等；有述宾式，如"垂涎""效颦""附骥"等；有主谓式，如"龙生九种""井水不犯河水""狗仗人势"等；还有相当于复句的单位，如"树倒猢狲散""墙倒众人推""留得青山在，不怕没柴烧"等。词性限于名词（性）和动词（性）。从借喻式词语的词汇组成来看，除词以外，还有很多相当于词的作用的熟语，如成语"助纣为虐""剖腹藏珠""兔死狐悲"等，如惯用语"碰钉子""生米煮成熟饭""坐山观虎斗"等。熟语来源于人们的日常生活，浓缩了人们对生活的体会，反映了人们对万事万物间相似性关系的认知，既生动形象又深刻风趣，还富有生活气息，是借喻造词中一个非常广泛的来源。需要说明的是：不管是三个字的惯用语还是四个字以上的成语，由于它们结合紧密，形式相对固定，在汉语词汇系统中都充当着"一个词"的角色，因此我们在讲"造词"时也包括这些作用相当于词的熟语。

《红楼梦》中脱胎于借喻修辞方式的比喻造词还有很多，如"火坑""心腹""泥胎""金玉""肝胆"等，总共有184个。它们在所有比喻造词中占将近67%的比例。

（二）暗喻式词语

暗喻式词语是指比喻造词中那些在词语表层平面本体和喻体都出现的词语。

本体和喻体出现，而喻词没有出现在言语表现形式中的比喻修辞方式，我们称作"暗喻"。因此，我们同样可以将比喻造词中表层只出现了本体和喻体的这一类，看作是暗喻修辞方式在词语中的浓缩，称其为暗喻式词语。例如《红楼梦》第17回写大观园里"见白石峻嶒，或如鬼怪，或如猛兽，纵横拱立，上面苔藓成斑，藤萝掩映，其中微露羊肠小径"。其中的"羊肠小径（道）"已经被收录在《现代汉语词典》里，是词语确定无疑。从这个词语的表层，我们还可以清晰地看到它当初造词的理据。如果把它还原为一个句子，它其实就是一个比喻的修辞方式：小径如羊肠一样崎岖、狭窄、细长。而当造词的时候，囿于字数的限制，在表层省略了喻词。在《红楼梦》的比喻造词中，像这样在一个词语里，本体和喻体并列出现的例词还有很多，例如"剑眉""漆黑""雪白"等。这类词在《红楼梦》中有91个，占比喻造词的32%。

从构词来看，暗喻式词语在成词之前都是结构松散的短语，长期被固定使用后，浓缩为偏正式语法结构的名词或动词，其中名词为定中式，动词为状中式。其词义基本可以通过字面的词素之义获得，理解为"像A一样的B"（名词）或"B得像A一样"（其中的A和B分别代表组成词语的两部分词素，即本体和喻体）。前者如"剑眉""萍踪""云鬓""鹑衣""蜡花"等，后者如"环抱""蜂拥""鼎沸""森列"等。从语义的聚合来考察，汉语里丰富多彩的色彩词大多都是暗喻式词语。《红楼梦》里就有"桃红""猩红""漆黑""玫瑰紫""朱红""雪白""金黄""水红""葱绿""银红""月白""水绿""铁青""靛青""粉红"，总计15个。

暗喻式词语由本体和喻体两部分词素组成。根据本体和喻体的位置，可以将暗喻式词语分为两种类型：

喻体在前的暗喻式词语：粉红　萍踪　蝴蝶结　水蛇腰铁石心肠　暮年　鹑衣　鹅黄　猩红。

本体在前的暗喻式词语：病根　心坎　眉梢　虾米　门面口碑。

喻体在前的暗喻式词语很多，而本体在前的较少。因为汉语里偏正结构的词，中心语是核心，附加语是修饰限制的成分。暗喻式词语的喻体带有描写性，在前，作"偏"；而本体在后，作"正"，更符合汉语偏正结构词语的一般规律。

需要说明的是，并不是所有脱胎于暗喻的比喻造词都会与"羊肠小道"一词一样，在词语的表层出现完整的本体和喻体。囿于字数的限制，更多的暗喻式词语中出现的喻体都是不完整的，只提示了喻体的范围。例如"蛾眉""鹅黄"两个词，将它们隐含在深层的造词理据还原，应该分别为"像蚕蛾的触须一样的眉毛""像小鹅绒毛一样的黄色"。也就是说，出现在词语表层的"蛾""鹅"都只是喻体所代表的事物的上位概念,是一部分信息,并不就是完整的喻体本身。与此相类似的,还有"墙根""蜂拥""鼎沸"等。

《红楼梦》中脱胎于暗喻修辞方式的比喻造词总共有91个,在所有比喻造词中大约占33%。

（三）明喻式词语

明喻式词语是指比喻造词中那些在词语表层平面本体、喻体和喻词甚至喻解都出现的词语。

比喻修辞方式中的明喻,指的是在言语表达层面本体、喻体和喻词同时出现的比喻。如《红楼梦》第30回"说着,便顺着游廊到门前,往外一瞧,只见宝玉淋的雨打鸡一般"。由于明喻的修辞方式关涉的要素较多,即使每一个要素都用单音节词素标示,至少也需要三个词素,因此,在比喻造词中,浓缩了明喻修辞方式的词语在所有比喻造词中所占的比例并不高,通常都是成语。例如"面如土色"。

在明喻的修辞方式中,有时,由于本体和喻体之间的相似性并不突出,需要解释,或者为了强调两者的相似性,在本体、喻体和喻词之外,还会有进一步的喻解出现。例如:"按荣府中一宅人合算起来,人口虽不多,从上至下也有三四百丁;事虽不多,一天也有一二十件,竟如乱麻一般,并无个头绪可作纲领。"（《红楼梦》第6回）"并无个头绪可作纲领"就是这个比喻修辞方式里本体"事"和喻体"乱麻"之间的相似性,也就是喻解。同样道理,四个因素所需的词素数量

决定了脱胎于完整明喻（即本体、喻体、喻词和喻解都出现的
比喻）修辞方式的明喻造词在所有比喻造词中所占的比例也很
少，而且通常也都是成语。《红楼梦》中只有两例："骨瘦如
柴"和"面如土色"。

　　明喻式词语在整部《红楼梦》中只有这两例，占所有比喻
造词的1%不到。这应该也反映了汉语中明喻造词在整个比喻造
词中的比例状况。

　　下表可以直观地反映出《红楼梦》中比喻造词的状况：

表1　《红楼梦》中比喻造词各类型分析

	三因素出现的情况	包含小类	典型语义结构	例词	数量	所占比例
明喻式词语	本体、喻体和喻词都出现	无	A如B	骨瘦如柴、面如土色	2	不到1%
暗喻式词语	本体和喻体出现	喻体在前的	（像）A（一样）的B	雪白、剑眉、鹅黄、桃红等	91	将近33%
		喻体在后的	（像）B（一样的）A	心坎、耳根、火星、墙根等		
借喻式词语	只有一个喻体出现	1.外在相似型	（像）A（一样）的B	佛手、龙眼等	184	66%左右
		2.内在相似型	（像）A（一样）	高枝儿、锦绣、心腹、膀臂等		

注：A表示比喻造词中的本体，B表示比喻造词中的喻体。

三、比喻造词的心理机制

在对比喻造词的成品进行静态描绘之后，我们希望借助心理学的知识，探讨一下比喻造词的心理机制，即比喻造词文本建构之前，尚处于思维阶段时的心理过程。

陈望道在《修辞学发凡》中把比喻修辞格称为"譬喻"，他说："思想的对象同另外的事物有了类似点，说话和写文章时就用那另外的事物来比拟这思想的对象的，叫作譬喻。"他还说："这格的成立，实际上共有思想的对象、另外的事物和类似点等三个要素。"①比喻的心理机制其实就是把这三个要素整理成一个比喻文本的心理过程。创造比喻的心理活动是一个动态的过程。这个过程是按照"本体表象—相似性—喻体表象"的步骤依次展开的。在思维活动中主要有两个阶段：

（一）通过感知觉获得对本体事物的"边"的认识

心理学的研究表明：我们对客观世界的认识来自感觉与知觉。感觉是人脑对当前直接作用于感觉器官的客观事物的个别属性的反映，例如颜色、软硬、粗细、涩滑、气味、滋味等。知觉是人脑对当前直接作用于感觉器官的客观事物的整体的反映，如一面红旗、一阵嘈杂的人声、一件轻柔的毛衣等。知觉是高于感觉的，却又以感觉为基础，但知觉并非就是感觉简单相加的总和，而是对刺激物即客观事物的分析、综合的结

---

① 陈望道：《修辞学发凡》，上海教育出版社1976年版，第68页。

果。比喻修辞的建构正是在感知觉的作用下开始运行的。本体作为当前直接作用于感觉器官的客观事物，刺激着思维主体的感官，于是本体事物的或个别属性或整体属性，首先进入思维者的头脑中。这就是后来成为本体和喻体连接桥梁的相似性的雏形。或者可以这样说：在构思比喻的思维过程中，连接本体和喻体的相似性最初是来自本体事物的，是思维主体对本体事物的突出感受点。钱锺书曾经这样论述比喻："比喻有两柄而复具多边。盖事物一而已，然非止一性一能，遂不限于一功一效。取譬者用心或别，着眼因殊，指同而旨则异；故一事物之象可以孑立应多，守常处变。"①按照钱锺书关于该"喻之多边"的理论，本体事物的多个属性就是它的多个"边"（与其他事物的相似性），而在比喻修辞建构的第一阶段完成的就是从本体事物的若干的"边"中找寻到一"边"或几"边"。例如年轻女子的腰（即本体事物）有多个属性：纤细、柔软、略弯等（即多个"边"），当这多个属性直接作用于思维主体的感官时，思维主体就实现了对它的感知。而正是对本体事物这多个"边"的形象感知，才为下一步与思维主体大脑里已有的"水蛇"的表象相关联，进而为创制出"水蛇腰"这个比喻造词创造了前提。再比如读书生活（即本体事物）有多个方面的属性：条件艰苦、时间漫长、沉闷等（即多个"边"），当这多个属性直接作用于思维主体的感官时，思维主体也许对其中的某个属性——如条件艰苦（即一"边"）的感知特别强烈。同样也正是

---

① 钱锺书：《管锥编》第一册，中华书局1979年版，第39页。

对本体事物的条件艰苦这一"边"的感知，才为思维主体下一步与大脑里已有的"寒窗"的表象相关联打下了基础，进而才能创制出"寒窗"这个比喻造词。

（二）通过联想在思维中实现本体事物和与它有相似性的喻体表象的对接

本体事物和喻体表象（按照心理学研究理论，喻体不是直接作用于思维主体感官的客观事物，而是思维主体曾经感知过，现在在头脑中再现的关于该事物的形象。我们称之为喻体表象，以区别于本体事物）之间存在相似性，是比喻赖以成立的客观基础，也是思维由本体事物向喻体表象跃进的桥梁。"物虽胡越，合则肝胆"最能说明这个桥梁的重要性。上面说过，这种相似性最初来源于本体事物对认识主体的刺激。人们打比方是想借助与本体事物有相似性的另一形象来实现认识本体事物的目的。为了达到这一目标，首先必须从本体的多"边"中选取一"边"或几"边"，然后再去找寻另一同样具有这一"边"或几"边"的事物做喻体。而这一找寻的过程就是我们所说的联想。所谓联想，是指由一事物想到另一事物的心理过程，是客观事物之间的联系在人们头脑中的反映。从生理机制来看，它是大脑皮层上过去旧有暂时神经联系形成的新的结合。联想按照它所反映的事物间的关系不同，可以分为接近联想、相似联想和对比联想。比喻造词主要以相似联想为基础。它是指两种事物在性质或形态上类似，由一种事物的感知和回忆而引起对另一事物的联想。例如看到无边无际的云，想到大海（"云海"）；看到薄而半透明的纱，想到蝉的翅膀（"薄如蝉翼"）；看到蔓生的植物瓜和葛，想到辗转相连的社会关系（"瓜葛"）等，这些都是相似联想。相似联想的"相似"，可以是本体事物和喻体事物在外形上的相似，即形似，如上面提到的"云"和"海"的相似；也可以是本体事物和喻体事物在内在本质上的相似，即神似，如上面提到的"瓜和葛"与"社会关系"的相似。

比喻生成的心理机制是由本体事物、相似性和喻体表象三个缺一不可的要素构成的。从理论上说，当在思维主体的头脑中已经完成了本体事物和喻体表象间的关联之后，比喻修辞就已经完成了它的心理建构。至于比喻文本到底选择的是句子还是词语，已与此无关，只是表层结构的简与繁，比喻四成分（本体、喻体、喻词和喻解）的多与寡或潜与隐而已。也正是基于此，我们认为，不管是比喻修辞还是比喻造词，它们在文本建构之前的深层心理过程上是一致的，总是按照"感知本体→捕捉一'边'或几'边'→相似联想→找寻符合条件的喻体表象"这样的轨迹进行的。

有几点还需要补充：

第一，在构思比喻的心理过程中，本体和喻体都是以具体的形象而非抽象的概念形式参与的。即使有的本体和喻体本身是抽象的事理，但当它处于比喻构思的心理过程中时，仍然是附丽于某一与之相关的具体形式出现的。例如"铁面无私"一词，在它的深层语义结构中其实包含着一个比喻：公正严明（即无私）得如同铁面一样（即丝毫不讲情面）。在这个比喻中，作为本体的"无私"显然是一个很抽象的概念，但人们在要借助比喻解说它的时候，出现在人们脑海中的"无私"其实是生活中若干跟其有关联的事例和人物。比如将犯法的驸马与庶民一样判罪的案例，比如大义灭亲的"包青天"等。因此，完全抽象的本体和喻体形式在思维过程中是不存在的。

第二，本体事物和喻体表象进入思维过程中的时间是不一致的。本体事物首先进入思维过程，只有思维主体通过感知觉捕捉到了它的突出属性中的一"点"或几"点"时，才会借助联想，将符合条件的喻体表象引入思维中。例如"猫儿眼"一词的形成，是磨成圆球形的宝石先直接作用于思维主体，思维主体感知了它的形状和明亮之后，才根据大脑中的既有认识联想到猫的眼睛，比喻得以形成。

第三，解读比喻文本与建构比喻文本的心理过程并不是简单的逆反关系。因为建构比喻之前，直接作用于思维主体的是客观事物，而解读比喻文本时直接作用于解读者的则是语言符号。因此，解读比喻文本就需要解读者充分发挥想象的心理功能，依据语言符号传递的信息，以头脑中原有的表象或经验为基础再现出新形象，使具体感性的形象鲜活地呈现于头脑中，从而加深对本体的认识。例如"满面春风"一词，通过"春风"这一喻体，唤醒了解读者的既有经验和认识，使再造出的新形象"春风"仿佛跃然于眼前：春风能吹走寒冷，吹醒大地，给花草万物带来盎然生机。从而过渡到对本体"面"的理解：愉快、和蔼的面容好像春风吹过一样，让人赏心悦目，心情舒畅。当然，由于解读者和思维主体之间在知识背景、文学修养、审美观念等方面的差异，二者心目中的喻体表象并不会完全重合，后者可能逊于前者，也可能超越前者。正所谓"有一千个读者就有一千个哈姆雷特"。

第四，感知本体事物的顺序是从组成本体事物的若干"边"中捕捉到形象突出的一"边"或几"边"，是从综合到分析的过程。而寻求喻体表象的过程则是由一"边"或几"边"找寻到头脑中存在的若干表象中符合该特征的一个表象，是从分析到综合的过程。这样来看，前者是向内的，是在一个事物范围内进行的心理过程；后者却是向外的，是在若干记忆表象中多选一的思维活动。例如"月洞门"这个词，本体事物"门"是有很多个别属性和整体属性的，当一个圆形的门出现在思维主体面前的时候，思维主体提取了"门"最突出的个别属性——圆的形状。而在联想阶段，思维主体以"圆的形状"为线索，迅速在头脑中已有的记忆表象中（如烧饼、锅盖、圆桌、车轮等）搜索，最终提取了同样具有"圆"的形状的"月亮"做喻体，从而链接成了"如月亮一样形状的门"的比喻。

四、比喻造词的美质

通常来说，造词的主要目的是表达新的概念，以指称不断丰富的客观世界。但是，人们日益复杂和精细的交际需求决定了造词的目的决不是如此的简单和单纯。事实上，客观存在的丰富多彩的词汇也充分说明，创造新词除为表示新概念之外，也存在着创造新词不表示新概念的情形。例如双音化、同义词等。当然更多的情形是，在表示新概念（词汇意义）之外还向外传达着形象色彩、情感色彩、语体风格色彩、时代色彩、地方色彩等不同的色彩意义。比喻造词就属于这一类。

用比喻的方式来造词，归根结底是用一种事物来说明另一种事物，其目的在于利用不同事物间的相似性，最终使说明对象得到生动形象的解读。所以，如果说比喻造词对词义能够产生影响，最重要的不是表现在词汇意义上，而是表现在色彩意义中。

有两个因素决定了利用比喻造词法创造的所有词大都带有形象色彩：

1.具象性的造词材料

在论述比喻造词的造词材料都是具象性的之前，让我们先来看一看比喻修辞用以说理的形式通常都有哪些。

比喻的宗旨在于形象生动地说明事理。归纳起来，比喻说明事理的形式主要有以下四种：

（1）以形象喻抽象，使抽象的事理形象化。例如：

（宝玉）正出神，听得秦氏说了这些话，如万箭攒心，那眼泪不知不觉就流了下来。（《红楼梦》第11回）

（2）以形象喻形象，或使原有的事物更清晰更具象。例如：

说着，引客行来，至一大桥前，见水如晶帘一般奔入。（《红楼梦》第17—18回）

（3）以抽象喻形象，使具体事物意境化或深刻化。例如：

> 又有人叫她"真理"，因为据说"真理是赤裸裸的"。
> 鲍小姐并未一丝不挂，所以他们修正为"局部真理"。
> （钱锺书《围城》）

（4）以抽象喻抽象，使抽象事理意味化。例如：

> 爱情有若佛家的禅——不可说，不可说，一说就错。
> （三毛《梦里花落知多少》）

张志公在他主编的《现代汉语》（试用本）中谈比喻的基本原则时说："运用比喻，为的是让人容易理解，容易想象。那么就要用具体的作比，去说明或描写抽象的；用大家所熟知的作比，去说明或描写大家所不熟知的；用浅显的作比，去说明或描写比较深奥的。"①按照这样的原则，打比方的喻体应该是相对比较具体的、浅显的、大家所熟知的。例如上面的第一、第二类。它们虽不是比喻用例的全部，但却是比重最大的。而像上面的第三、第四类，用相对比较抽象的、深奥的事物做喻体，虽然在说明事理的时候独辟蹊径，使被说明的事物别开生面，但毕竟只是比喻中很少的部分。以至在整部的《红

---

① 张志公主编：《现代汉语》（试用本）下册，人民教育出版社1982年版，第132页。

楼梦》中我们都没有找到这样的例句。同样，我们在《红楼梦》中所有的比喻造词中也都没有找到以抽象事物来做喻体的类型。

由此看来，比喻总是倾向于用形象的事物来说明事理的。换句话说，比喻的喻体大都是形象的事物。而我们从比喻造词的三种类型中已经看到：不管是哪种类型的比喻造词，词素里至少有一个是表示喻体的。那么，可以这么说，所有的比喻造词都至少包含着一个具有形象色彩的造词词素。这一个或几个词素无论是表示形状、颜色，还是声音、动作，它们都是具象的，是可视、可听、可触、可摸、可嗅、可闻的。例如"冰炭""后尘""桃红""蜂拥""鼠窃狗盗""笑里藏刀""杯弓蛇影"……无一例外。诚然，由具象性的造词材料造出的词未必都含有形象色彩，比如"冰窖""灰尘""桃符""蜂蜜""鼠疫""刀枪""蛇胆"等。但带有形象色彩的词一定是由具象的造词材料造成的。在《红楼梦》中的比喻造词中我们没发现一例是不包含具象性的造词材料的。

2. 比喻修辞的方法

如果说，具象性的造词材料只为比喻造词的形象性美质提供了前提，那么比喻修辞的方法则最终决定了修辞造词在词的形象色彩的赋予上优于任何其他造词法，甚至优于其他任何修辞造词法。我们从以下三组词的比较中来证明这一点：

（1）a. 美人蕉/腊梅；佛手/西瓜。

　　　b. 龙眼/桂圆；猩红/大红。

（2）比喻造词：膀臂　吃醋　心腹　夜叉　碰钉子。

借代造词：名门　小户　买卖　写意　茶饭。

摹绘造词：飘然　凛凛　哼唧　沉甸甸　面红耳赤。

（3）瓶胆/胆瓶；白银/银白。

从例（1）的比较中我们可以得出结论一：同样是给事物命名，用比喻法创制的词语"美人蕉"和"佛手"有形象色彩，而用说明法创制的词语"腊梅"和"西瓜"几乎没有形象色彩。指称同一个概念，用比喻法创制的"龙眼"和"猩红"具有除理性意义以外的形象色彩意义，而用说明法创制的"桂圆"和"大红"只具有理性意义。（说明法的术语来自葛本仪的造词法体系。）

在例（2）中，我们从所有修辞造词法里挑选了公认的、最能体现形象色彩的三种类型。通过比较，得出结论二：借代造词中只有具体代抽象的一小类有形象色彩，摹绘造词的形象色彩比较模糊，只有比喻造词的形象色彩才是最普遍、最浓郁的。

从例（3）的比较中可以得出结论三：两个由相同词素组成的词意义完全不同，表面上似乎是因为语序的不同造成的。但实质上，语序的不同只是深层造词法在表层结构上的反映：同样的词素，有形象色彩的"银白"是比喻法造词的结果，而无形象色彩的"白银"是说明法造词的结果；而"瓶胆"和"胆瓶"，都有形象色彩是因为同为比喻造词。意义不同则在于前后比喻式的差别，前者属于比喻造词中的后喻式，修辞理据为：保温瓶装水的、外形如胆的部分；后者属于比喻造词的前喻式，修辞理据为：形状像胆的瓶子。

归纳起来，具象化的造词素材和旨在把事物具象化的比喻修辞方法最终赋予了比喻造词与词的形象生动的色彩意义之间天然的、密切的关系，这是任何一种造词法都无法比拟的。

五、比喻造词与中国人具象思维的特征

（一）中国人长于形象思维

思维是人脑的功能，是人类对客观世界的认知能力。换句话说，就是人们观察事物、体认真理时所采取的一种基本思路，所拥有的一种心理定式。思维依靠语言来表达，而语言是思维的工具，是思维外化的载体，记录着思维的成果。思维和语言是相互作用的，但相互作用的双方在力量上是不平衡的。其中，思维对语言的作用是决定性的：思维方式的不同决定了语言表达形式的独特方式。

一个民族的思维方式是在该民族长期历史生活的积累中逐渐形成的，具有鲜明的民族性。中国人长于形象思维的特点，学者多有论述。林语堂就在《吾国与吾民》一书中，从中西文化对比的角度论述过这个问题："中国人的头脑近乎女性的神经机构，充满着'普通的感性'。而缺少抽象的辞语，像妇人的口吻。"[1]其观点的核心内涵，就是认为中国人的思维具有鲜明的感性特征：长于形象思维，厌倦抽象思维。

---

[1] 林语堂著，郑陀译：《吾国与吾民》，世界新闻出版社1939年版，第101页。

（二）现代汉语中比喻造词的状况充分体现了汉民族长于形象思维的特点

词汇是人类思维的结晶，是一个民族思维的镜像。从一个民族的词汇中，可以追寻到该民族传统的思维模式。汉民族思维的特点之一，是直觉体悟和具象思维。这种思维方式，在汉语词汇中得到了充分体现。例如：给事物命名，汉族人倾向于提供形象性的信息，如"罗汉松""玫瑰紫""布谷鸟""青衣""石榴裙"等；表达抽象的概念，汉族人习惯于从具体的事物着眼，如把形势的发展方向称作"风头"，用"耳鬓厮磨"代称小儿女间的亲密相处等。阐述深奥的理论，汉族人也倾向于深入浅出，用具象性的词语来传达。如写作理论里把直截了当地提出论点称为"开门见山"，把某些情节略写称作"蜻蜓点水"，把精辟巧妙地结尾叫作"画龙点睛"。在赏析文章时，那些包含着显著意象的词句备受推崇，如"水是眼波横，山是眉峰聚"（王观《卜算子》）、"枝上柳绵吹又少"（苏轼《蝶恋花》）、"一蓑烟雨任平生"（苏轼《定风波》）……这些都说明中国人具象性的思维方式特征充分地体现在了汉语词汇的创制、使用和接受上。因此，从汉语词汇的角度进行研究，可以确凿地证明中国人喜欢形象思维的民族思维特点。

汉民族的思维具有鲜明的形象性。就汉语词汇来说，能体现这一思维特点的词语俯拾皆是，不能一一而足。就词性来说，名词、动词、形容词、叹词、象声词为甚。就语法结构而言，主谓、述宾、偏正等无一例外。就修辞造词来说，比喻、借代、摹绘、夸张等更是几乎各个类型中都不乏有形象色彩的词语。而其中的比喻造词是最能体现中国人长于形象思维的民族心理特点的。

为了有力地说明中国人长于形象思维的特征，我们把考察的范围扩大到汉语词汇系统。下面我们以中国社会科学院语言研究所编写的《现代汉语词典》（第7版）为依据，借鉴吴礼权在该问题上的研究思路：抽样统计与定量分析的现代语言学方法进行研究。①

首先，我们以现代汉语中的色彩词来作抽样调查与定量分析的对象。

我们生活的世界是五彩缤纷的。人类通过一系列的生理、心理活动感知色彩。色彩并非物体本身固有，它只是人借助物体表面所反射的光的程度和感觉器官而获得色觉。正是颜色的这种特性，给人们对这种自然现象进行描绘提供了难题。但汉族人借助于具体可感的实物去描绘这种色彩并给以命名。因此，汉语词汇中色彩词丰富多彩，它们大都是靠观物取象、借物呈色而形成的比喻造词。如"天蓝""雪白""猩红"等。色彩词，是一种民族语言中的基本词汇，因此最能体现一个民族的思维特色。对于汉语来说，色彩词则最充分地体现了汉民族长于形象思维的特征。

---

① 吴礼权：《比喻造词与中国人的思维特点》，载《复旦学报》（社会科学版）2008年第2期。

表2　《现代汉语词典》（第7版）中色彩词的数据表

单音节色彩词总数（例如：皑、白、苍、丹、绀、皓、黑、绛、皤、黢、玄、赭、朱、紫等）	多音节色彩词总数（例如：白不呲咧、宝蓝、茶青、橙红、葱白、古铜色、黑黢黢、花花绿绿等）	属于比喻造词的色彩词总数（例如：乳白、汤色、铁青、杏红、银白、鱼肚白、枣红、鸭蛋青、月白、苹果绿、藕灰、青莲色等）	属于比喻引申的色彩词总数（例如：草灰、姜黄、橘红、洋红）	全部色彩词总数	比喻造词在多音节色彩词中所占比例	比喻造词在全部色彩词中所占比例
40	194	89	4	234	46%	38%

注：我们所说的色彩词，指的是那些具体地指称或描述事物色彩的词语，包括理性意义的"白色""灰"等，既指称颜色也描述其他信息的"黑油油"（黑而亮）、"灰蒙蒙"（灰而暗淡）、"绿茸茸"（绿而密）等，既指称颜色还包含情感意义的"黑不溜秋"（带有贬义）、"绿莹莹"（带有褒义）等。不包括表示色彩词的上位概念的词，如"暖色""原色""颜色"等。

从表2的数据可以看出：在《现代汉语词典》（第7版）中的234个色彩词中，属于比喻造词的占三分之一还多。如果只在双音节的色彩词中考察（比喻造词至少要有两个音节。

单音节词其实无法构成比喻造词），这个比例更大，将近二分之一。色彩词本身是无形和抽象的，汉族人从身边生存环境中的自然事物着眼，使色彩依附于具体有形的附着物，如"天""土""雪""湖""草""豆"等，创制出无限丰富而形象的色彩词："天蓝""天青""土黄""土色""雪白""雪青""湖色""湖绿""草灰""草绿""豆绿""豆青"……充分表现出汉语社团的思维中长于形象性、直觉性的特征。

下面，我们再以现代汉语中包含动物名称的词汇为抽样调查与定量分析的对象。

中国有悠久的农耕文明，在人类初期就有了驯养动物、以动物为伴的历史。人们熟知各类动物的特点和生活习性。在对动物的认知过程中，人们常常发现动物的形象和本质特征与人类社会的各种现象之间存在相似之处。于是，人们将对各类动物的认知投射到对人类社会的认识上，用一个个鲜明的、为人们所熟知的动物形象来描写所见所闻，表述所思所想。大量具有形象色彩的比喻词语就是在这样的背景下产生的。

动物的体态、性情、生活习性等各有不同，给人们的心理感受也不同。于是，我们的先人参照动物的不同方面创制出数量繁多的比喻词语（具体见表3）：

1. 参照动物的体态

动物的体态有大小、胖瘦、长短、粗细的区别，这给人们带来不同的心理感受。例如对于人类眼里体积庞大的"牛"和相对来说微小得多的"鸡"，他们分别用"重大"和"轻微"的心理寓意对应，于是人们用"割鸡焉用牛刀"来比喻做小事情不值得用大的力量；用"鸡毛蒜皮"比喻无关紧要的琐事；用"牛刀小试"来比喻有很大的本领，先在小事情上施展一下等。对于长相丑陋的"鼠"和气势勇猛的"虎"，则分别用"猥琐"和"高大"的心理寓意对应，因此人们用"獐头鼠目"比喻相貌丑陋而神情狡猾的坏人，用"虎背熊腰"来比喻身体魁梧健壮的男人。

2. 参照动物的性情

动物的性情也是千差万别的，例如"虎"是凶猛的，"牛"是呆憨的，狐狸是狡猾、媚惑的，兔子是机灵、敏感的……于是，人们把这样的心理感受影射到对各种类型的人的评价和行为的描述中：把外貌装得善良而心地凶狠的人比作"笑面虎"；把妖媚迷人的女子比作"狐狸精"；比喻对不懂道理的人讲道理，对外行人说内行话，称"对牛弹琴"；比喻看到形势不好，很快地逃走，称作"兔脱"；等等。

3. 参照动物的生活习性

动物的生活习性各不相同：蛇在草中蜿蜒爬行，鱼在水里成群游动，老虎爱蹲在悬崖边，龙常潜伏在深水里，鸡在清晨勤奋地啼鸣，老鼠在夜里偷偷地活动……人们把仔细观察得来的生活经验移植到对人类自身行为的表述上。于是，不走直路，人们说"蛇行"；一个挨一个地走，人们称"鱼贯"；危险的境地叫"龙潭虎穴"；惊慌地逃走，说他是"抱头鼠窜"；等等。

表3 《现代汉语词典》（第7版）中的动物词语数据表

包含的动物词素名称	词语总数	比喻造词数量	比喻造词占词语总数比例
"鸡"（例如肉鸡、铁公鸡、鸡肋、鸡胸、鼠肚鸡肠、鸡子、金鸡独立、鸡毛信等）	54	31	57%
"狼"（例如豺狼、白眼儿狼、中山狼、狼狈、狼毫、狼狗、狼心狗肺、狼烟等）	19	11	58%
"鱼"（例如墨鱼、木鱼、临渊羡鱼、鱼肚、鱼尾纹、沉鱼落雁、炒鱿鱼等）	70	34	49%
"马"（例如鞍马、斑马线、兵荒马乱、蛛丝马迹、马戏、马掌、马蹄铁等）	139	47	34%
"狗"（例如疯狗、狗熊、狗尾草、指鸡骂狗、蝇营狗苟、挂羊头卖狗肉等）	48	35	73%
"牛"（例如吹牛、春牛、执牛耳、牛蒡、牛腩、牛脾气、多如牛毛、对牛弹琴等）	61	36	59%
"龙"（例如龙宫、龙灯、变色龙、龙潭虎穴、跑龙套、画龙点睛、龙马精神等）	42	26	62%
"虎"（例如艾虎、纸老虎、虎口、虎狼、照猫画虎、虎头蛇尾、坐山观虎斗等）	66	50	76%
……	……	……	……
总计	1031	536	52%

注：以上所说的动物词语是指那些词语中包含动物词素的词语。下列三种情况不包括在内：其中的动物词素只记音的，如"委蛇""牛顿""马克"等；其中的动物词素并不表示动物义的，如"气象""雉堞"等；单音节的，如"鲟""鲅"等。

　　我们选取了八种表示动物名称的词素作为我们考察的对象，它们分别是汉族人日常生活中所熟悉的"鸡"和"鱼"、所喜爱的"牛"和"马"、所厌恶的"狗"和"狼"、所崇拜的"龙"和"虎"。

　　从表3的数据中可以看出，在《现代汉语词典》（第7版）中的动物词语总共有1031条，涉及的动物数目有几十种，其中比喻造词有536条，占所有动物造词的一半还多。其中，包含"马"的词条最多，有139条，充分表露了汉族人对"马"的熟悉和喜爱。然后依次是包含"鱼""虎""牛""鸡""狗""龙""狼"，人们把对这些动物的认知经验反射到对生活实践的描写和表述上。这些形象生动的词语，或褒或贬，但都栩栩如生，无一例外地传达出汉族人形象思维的特点。

　　通过前面两个部分对一些汉语比喻类词语数量比例的抽样统计与定量分析，我们可以清晰地看出中国人具象思维的方式对汉语词汇的巨大影响。而汉语中有如此数量比例巨大的比喻类词语的存在，实际上又反过来强化了中国人长于形象思维的思维定式。也许正因为如此，中国人长于形象思维的民族思维特点绵延不绝、历久不衰。

　　（三）《红楼梦》中的比喻造词充分体现了中国人长于形象思维的特点

　　上文以现代汉语词汇为语料库对比喻造词所进行的抽样统计和定量分析充分说明了中国人长于形象思维的民族思维特点。这一特征在《红楼梦》的比喻造词中进一步得以印证。在整部《红楼梦》中，以比喻修辞手法所造的词语，即比喻造词数量最多。仅以色彩词为例，曹雪芹在描写事物颜色时先后用到的比喻色彩词就有21个：

黄色里分：金黄　鹅黄　蜜色　杏黄。

绿色里分：葱绿　水绿　豆绿。

红色里分：杏红　猩红　银红　桃红　朱红　水红。

青色里分：铁青　靛青。

白色里分：雪白　月白　葱白。

此外，还有藕合、玫瑰紫、漆黑等。

将五种基本色彩扩展为更加细致更加精确的21个，而每一个词都是比喻造词。以人们周围熟悉的事物为着眼点，获得对客观世界色彩的认知。

再以动物词语为例。动物的体态、性情、生活习性等各不相同，给人们的心理感受也不同。《红楼梦》中有大量参照动物的不同方面而创制出的比喻词语。其中，涉及飞禽走兽的比喻造词就有47个：

形容人体部位或器官的：水蛇腰　蛾眉。

概括不同类型人的：井底之蛙　鸳鸯　牛鬼蛇神　狐群狗党　鸾凤　虎狼　中山狼。

形容人的行为动作情态的：蜂拥　金蝉脱壳　马仰人翻狼狈　虎视眈眈　鼠窃狗偷　如鱼得水　野鹤闲云　偷鸡摸狗狗仗人势　狗急跳墙　兔死狐悲　指鸡骂狗　投鼠忌器　坐山观虎斗　续貂　附骥　猬集　杯弓蛇影　鼠窜　鱼龙混杂　蟾宫折桂　龙生九种　三天打鱼，两天晒网　百足之虫，死而不

僵 树倒猢狲散 乌合。

表示事物名称的：蝇头 虎口 马脚 猫儿眼 蝴蝶结
羊肠小径 鹑衣 龙眼 蛇足 虾米。

除了以上列举的色彩词和动物词，如果再加上那些以比
喻为造词理据而产生的相对固定的词素组合（它们不是本书的
研究对象，但可以被看作是词的等价物，只是目前还未成为词
汇库的正式成员），《红楼梦》中的比喻造词（它们中的一
些极有可能在未来成为词典里收录的词——具体论述详见第四
章）就更多了。如描写事物色彩的"葱黄""柳黄""柳绿""石
青""莲青"等，以飞禽走兽设喻的"蝉翼纱""蜂腰""猿
背""鹤势""螂形""没脚蟹""虎皮石""虎狼药""牛心""蛆
心""鸡声鹅斗""避猫鼠""慌脚鸡""泥鳅脊"等。

《红楼梦》借助比喻造词，栩栩如生地描画出富甲一方的
贵族五彩缤纷的服饰妆容；同样借助比喻造词，生动形象地勾
勒出大观园里形形色色的人物、千姿百态的生活，充分表现了
曹雪芹对中国传统的形象思维方式的继承和发展。

六、比喻造词的隐喻认知实质

20世纪80年代以来，认知语言学的兴起和发展在语言研究
领域产生了重大影响。作为一种新的研究方法，认知语言学在
许多方面和占主流地位的形式语言学（尤其是生成语法）针锋
相对。形式语言学把语言看作是人类心智的一个自足的模块，
原则上独立于其他种类的知识和非语言能力。而认知语言学认

为，语言的结构和功能与非语言的知识和能力之间存在着密切的关系。语言作为人类认知的产物和工具，恰恰反映了人类的一般认知能力。

（一）隐喻的认知含义

人们最初创造并使用的词汇多用来表示生活中的具体事物。但一方面，世界是不断发展和变化的，新事物、新概念层出不穷；另一方面，人们认识世界的水平也在不断提高。当原有的词语不足以使用时，人们就需要不断创造出新词语，以满足日益复杂的交际需求。假若一个词只能表达一个概念的话，无止境地创造新词语的后果是不言而喻的，那就是词汇多得惊人。这样的语言肯定是无法存在的，因为人类的大脑不是有着无限容量的数据库。尽管人类的大脑没有无限巨大的记忆能力，但具有非凡的创造力。它能借助已知的事物和已有的语言形式认知和命名新的事物，这种能力我们称其为隐喻。

传统的语言学理论把隐喻看作一种单纯的语言现象，一种语言修饰的方式和手段。而现代认知语言学则认为，隐喻属于更广的思维和认知的范畴。换言之，隐喻不仅是一种语言现象，更是一种思维现象，是人类一种基本的思维、认知方式，是人类组织表达概念的基础和手段。它能借助他类事物来实现理解和体验该类事物的目的。如果把这里的"他类事物"称作源域，而把"该类事物"称作目标域，隐喻的基本原理就是"将源域的结构部分地、单向地映射到目标域之上，是不同认知域之间的映射"[①]。

认知科学认为：人的认知活动总是以优化思维为主导倾向，即付出最小的代价而获得最大的认知效果。隐喻就是这样的一种认知能力。它就像一座联系新概念与已知概念的桥梁，通过这种桥梁，一个对象便被传递或转换到另一个对象上。于是，第二个对象似乎可以被说成第一个。因此，它实际上是一种"所指料其所云"的语言。

（二）隐喻认知的主要模式

人是从认识自己以及周围具体可感的有形的东西入手的，包括人体的各个部位以及自然界中的动物植物、日月星辰、江河湖泊等。当人们的认知水平进入到更加高级复杂的阶段时，人类最先熟悉的概念就成为表达抽象或陌生事物的基础和出发点，就会自然而然地投射到对其他物体、事理的理解、认知和体验上来。

1. 从人体领域到非人体领域的投射

"近取诸身，远取诸物。"（《周易·系辞下》）认知语言学的研究表明：人类的认知顺序是从人自身开始的。早期的人类把自身作为认知周围事物的起点，以此来认识、描述和指称客观世界的其他事物。例如，把对人体器官的认知投射到对无生命的物体的认知上，造出"山脚""洞口""扶手""靠背"等；投射到有生命的动植物的认知上，造出"佛手""龙

---

① 李国南：《专名"借代"辨析》，载《修辞学习》2006年第2期。

眼""美人蕉"等；投射到抽象概念的认知上，造出"心地""门面""虎口""蛇足"等。

2. 从非人体领域到人体领域的投射

最初的时候，人们的认知从自身开始，然后以自身作为认知周围事物的参照物。而当认知的水平进入更高一级阶段的时候，人周围的其他事物也会成为人类反过来更加深刻地认识自身的基础，从而形成人体领域和非人体领域之间的相互隐喻认知。例如，在充分认识了色彩的类型和特征后，把对色彩的认知投射到对人的认知上，汉族人用"青眼"（人高兴时眼睛正着看，黑色的眼珠在中间）喻指对人的喜爱和重视，用"眼红"喻指羡慕、妒忌别人的名利或好东西，用"黑心"喻指人阴险狠毒的心肠，用"面如土色"喻指人极端惊恐的情绪等。在充分认识了动植物的外表和特性之后，把对动植物的认知投射到对人的认知上，造出"柳叶眉""馋嘴猫""虎视眈眈""高枝儿""情种"等词。

3. 人体内部不同部位或器官域之间的投射

人类在认知的时候，不仅把对人体某个部位或器官的认知经验投射到人体以外事物的认知上，而且也存在着把对人体的一个部位或器官的认知经验投射到对其他部位或器官的认知上的情况。如以"心"为目标域，以"眼""口""头"为不同源域而造出"心眼""心口""心头"等词；以"眉"为目标域，以"头""心"为不同源域而造出"眉头"和"眉心"等词；以"手"为目标域，以"背""心"为不同源域而造出"手背""手心"等词。需要说明的是，隐喻认知的本质是两个不同概念域之间的投射。概念所属的范畴，即认知域，是相对而言的。例如，人们把对"脚"的认知体会投射到对"山"的认知上，造出"山脚"一词，相对于非人体领域的"山"来说，"脚"属于人体领域；而当人们把对"面"的认知投射到对"脚"的认知上，造出"脚面"一词的时候，相对于"面"这个人体的部位域来说，"脚"是另一个部位域。

4.非人体领域之间的投射

源域和目标域是隐喻认知过程中的两个相对的范畴。从理论上说，客观世界中存在的任意两个范畴之间都可以产生投射关系。也就是说，可以是人体领域与非人体领域之间的彼此投射，可以是人体领域内部的相互投射，当然也可以是非人体领域内部的相互投射。例如，以对花的认知投射到对燃烧的烛芯的认知，造出"烛花"一词；以对星星的认知投射到对极小的火的认知上，造出"火星"一词等。而在汉语中，特别是对物体颜色的认知，更是常常借助于对其他事物的认知经验，如"桃红""铁青""月白""葱绿"等。

（三）比喻造词的隐喻认知实质

大量比喻造词的存在就是隐喻的心理认知机制在词汇层面上的充分反映，是人类将某一领域的经验用来理解表达另一领域事物的认知活动规律的折射。它以周围具体实在、形象生动的熟悉事物为着眼点，观照其他新事物；用已有的认知经验，激活驻存在人脑记忆深层的表象，从而以最小的投入获得最大的认知效果，使陌生抽象的概念亲切、生动、可感。

例如"猬集"一词。意为：事情繁多，像刺猬的硬刺一样聚集在一起。两个构词词素"猬"和"集"合起来是一幅生活中常见的画面，是思维的支点，即源域。它们很容易地引导人们在理解该词时沿着以下的思维轨迹进行：

像刺猬的硬刺一样聚集在一起（源域）$\xrightarrow{\text{投射}}$ 事情繁多（目标域）

认知目标"事情繁多"是抽象和陌生的，但以认知经验中"像刺猬的硬刺一样聚集在一起"的图画式表象为触媒，人们就很容易地被引导着将这个具体对象转换为对另外的抽象对象"繁多的事情"的认知，就这样，目标域很容易地就成了源域。认知的目的也就实现了。

再比如"暮年"一词。意为：晚年。要认知的目标——年龄的阶段，是抽象的。但以生活中常见的现象——傍晚（即"暮"）为思维的支点和认知的起点，人们的思路很容易地就沿着以下的轨迹前进：

傍晚（源域）$\xrightarrow{\text{投射}}$ 人生的晚年（目标域）

目标域是抽象的，但以认知经验中"傍晚"这样的熟悉的场景和画面为触媒，很容易地就激发起人们对于"晚年"这样的抽象概念的认知。一个对象被转换到另一个对象，第二个对象很轻松地就被看成第一个。认知的目的就实现了。

前者的思维支点"像刺猬的硬刺一样聚集在一起"是由所有词素（"猬"＋"集"）共同建构的，认知对象"事情繁多"则被潜隐；后者的思维支点"傍晚"是由构词词素中的一个"暮"所标示的，认知对象"晚年"则由构词词素中的另一个"年"所提示。二者是有差别的。

隐喻认知的能产性不仅表现在由已知生出未知，更重要的是表现在能由一个已知生出无尽的未知。例如：以"水"为思维的支点，造出"水红""水绿""水袖""水晶""苦水""坏水"等；以"牛"为思维的支点，造出"牛劲""牛毛""牛性""牛马""牛气""牛饮""牛脾气""牛鼻子"等；以"口"为思维的支点，造出"口岸""领口""路口""河口""虎口"等。从理论上说，隐喻认知的能力是无限的，那么，比喻造词注定也是一个开放的系统。

汉语中大量比喻造词的存在，从语言学的角度看，是有效的，它以少衍多，以简驭繁，在满足了人们对交际的精细追求的同时也兼顾了语言的经济性。从认知的角度看，是合理的，它由近及远、由简单到复杂、由具体到抽象，折射出人类认知世界的最普遍的一种规律。没有隐喻的语言是难以想象的，"导致语言变化的触媒是隐喻。一代人的隐喻是后一代人的常规表达"[1]。"语言深深扎根于认知结构中。隐喻就是一种重要的认知模式，是新的语言意义产生的根源。"[2]

---

[1] 胡壮麟：《认知隐喻学》，北京大学出版社2004年版，第6页。

[2] 赵艳芳编著：《认知语言学概论》，上海外语教育出版社2001年版，第99页。

第二节　借代造词

一、借代造词的定义

　　《红楼梦》里修辞造词的类型中除比喻造词之外，包含例词数量最多的就是借代造词。我们随机抽取了《红楼梦》第1回和第16回的语料，对其中的复音节词进行了抽样统计和定量分析（见表4、表5）：

表4　《红楼梦》第1回中的复音节词（共525个）

	比喻造词	借代造词	夸张造词	委婉造词	用典造词	复叠造词
数量	17	42	14	5	5	7
占全部复音节词比例	3%	8%	3%	1%	1%	1%
占六种修辞造词比例	19%	47%	16%	6%	6%	8%

表5　《红楼梦》第16回中的复音节词（共490个）

	比喻造词	借代造词	夸张造词	委婉造词	用典造词	复叠造词
数量	16	19	4	6	0	6

续表

	比喻 造词	借代 造词	夸张 造词	委婉 造词	用典 造词	复叠 造词
占全部复音词 比例	3%	4%	1%	1%	0%	1%
占六种修辞造 词比例	31%	37%	8%	12%	0%	12%

从中可以清晰地看出：借代造词和比喻造词一样，都是汉语中十分重要的修辞造词方式。

借代造词来源于修辞学的借代辞格。借代辞格，即不直接地说出要说的人或事物的本来名称，而借用与该事物密切相关的其他人或事物的名称去代替。在借代辞格中，要指称的事物的名称叫本体，被借用来的事物的名称叫借体。比如："前日我们几个人放鹰去，离他坟上还有二里。"（《红楼梦》第47回）猎人出猎，常放出驯养的猎鹰捕取猎物。以"放鹰"代称打猎，这是借代辞格。其中的"打猎"是本体，"放鹰"是借体。在借代辞格中，借体的运用是临时的、言语的，并不因为用作了本体的代称而改变其本来意义。

将借代辞格应用于词的创制，就叫作借代造词。或者说，当本体和借体之间的借代关系由临时的、言语的行为逐渐转变为一种固定的关联时，借代造词就产生了。例如：

（1）更有一种风月笔墨，其淫秽污臭，涂毒笔墨，坏人子弟，又不可胜数。（《红楼梦》第1回）

（2）你又是个男人，又这样个嘴脸，自然去不得。
（《红楼梦》第6回）

例（1）中"笔墨"一词。"笔墨"原是文字书写的工具，提到"笔墨"很容易让人联想到文字，当二者之间的代称关系由最初的临时转为后来的固定和长久，即文字成为"笔墨"的稳定词义时，借代造词"笔墨"就形成了。例（2）中"嘴脸"一词也是借助借代的修辞方式创制的，其造词理据是："嘴脸"是面貌的组成部分，二者密切相关，提到"嘴脸"很容易让人联想到一个人的面貌。同样，当面貌稳定地成为"嘴脸"的词义时，借代造词"嘴脸"就形成了。

由修辞意义上的借代辞格转化为词汇意义上的借代造词，借代辞格是因，借代造词是果。这种现象从上古以来就不断产生，即一个概念本来由确定的词语来表示，而有人却使用另外与之有联系的词语来表示。如果有独特的意味和效果，这种替代很快就会在社会中得到广泛的响应和效仿，从而形成一个崭新的词。如用"丹青"借指绘画，用"口舌"借指纠纷，用"西席"借指家庭教师，等等。

同样是换一种说法，借代辞格只是临时性的言语行为，必须借助一定的语境，离开了具体的上下文，借体和本体之间的同义关系就立即解体。而借代造词的本质特征则在于其稳定性。也就是说，换用的说法（借体）和被指称的事物（本体）之间的同义关系是固定的，为交际共同体普遍理解、认同和接受，不因人、因地、因时而丧失。比较下面两个例句：

（1）"没有！——我想笑嘻嘻的，原也不像……"花白胡子便取消了自己的话。（鲁迅《药》）

（2）择膏粱，谁承望流落在烟花巷！（《红楼梦》第1回）

在例（1）中，联系上下文，我们知道："花白胡子"代称一个长着花白胡子的人。这种代称是临时的，是我们所说的借代辞格。它对语境有依赖性，一旦离开了具体的上下文，二者之间的同义关系立即丧失。例（2）则不同，同样是以特征代称人物，以"膏粱"（膏：脂肪；粱：精米。膏粱：本指精美的饭菜）替代膏粱子弟（富贵人家的子弟），则成了"膏粱"一词的稳定词义。也就是说，最初的借代辞格"用精美的饭菜代称吃这种饭菜的人"，已经由临时性的使用而转化为一般用词，永久地以词义的形式在词汇系统中凝固。

程千帆在《诗辞代语缘起说》一文中有一段话：

> 盖代语云者，简而言之，即行文之时，以此名此义当彼名彼义之用，而得具同一效果之谓。然彼此之间，名或初非从同，义或初不相类，徒以所关密迩，涉想易臻耳。[1]

程千帆论述的代语并不完全等同于借代造词，或者说借代造词只是代语的一种，二者的外延有一定的差别。但我们可以

---

[1] 程千帆编著：《古诗考索》，武汉大学出版社2008年版，第219页。

借用他对代语的界说来理解借代造词。借代造词的要点有三：

第一，"以此名此义当彼名彼义之用"，即以借体代本体。（借代造词的手段或方式）

第二，两者"得具同一效果"，即借体＝本体。（借代造词的目的或效果）

第三，两者"所关密迩，涉想易臻"，即借体←相关→本体。（借代造词的构成基础）

这三个方面较好地表述了汉语借代造词这一语言现象：虽然本体和借体不类似，但二者之间有着密不可分的种种关系；在语言运用中，利用两者之间的相关性，以借体名称来替代本体名称，最终形成不同词语之间的稳定性同义关系。

二、借代造词的类型

根据角度和标准的不同，借代造词可以有很多的分类：

（一）按语音形式

在我们所选取的236个复音节借代造词中，双音节的有231个，三音节的有5个，此外还有四音节及以上的熟语21个。可见，《红楼梦》中的借代造词以双音节为主。但这并不代表各个时代汉语借代造词的音节状况。按照刘文文（2008）对当代汉语借代新词的考察分析，三音节以上的词远远高于双音节词，诸如"菜篮子""红灯区""打工皇帝""大跌眼镜"等三、四个音节的借代造词大量出现。从上古汉语中以单音节词为主

［如以"禾"泛指各种谷类作物、以"朱"（朱砂）代称红色等］，到《红楼梦》所代表的近古汉语中以双音节词为主，再到现代汉语中三音节以上的词语倾向，古今借代造词音节状况的差异充分说明借代造词的音节化状况有时代特征。

（二）按语法结构

我们所收集的《红楼梦》中的借代造词全部都是合成词。而在所有合成词中，又大多为复合式，附加式合成词只有两个。按照它们的语法结构类型，我们将其中占大部分的合成词再分为四个小类：

1. 联合式

两个词素之间的关系是平等并列的。如"笔墨""裙钗""衣食""风月""口舌""兴衰""买卖""老小"等。这类型是借代造词中比例最大的一个类型，在《红楼梦》中的全部借代造词中占了接近41%的比例。

2. 偏正式

两个词素之间是修饰和被修饰或补充和被补充的关系。如"六亲""泥腿""西席""侯门""红妆""膝下""麾下"等。和联合式一样，偏正式是借代造词中比例较大的一种语法结构类型，占《红楼梦》中的全部借代造词的大约40%的比例。

3. 动宾式

两个词素是支配和被支配的关系。如"侧目""出家""咽气""过目""披风""执事""管家"等。这类词占《红楼梦》中借代造词的18%。

4. 主谓式

两个词素之间是陈述和被陈述的关系。如"书香""胆小""霜降""肝脑涂地"。主谓式是借代造词中比例较少的类型。这类词在《红楼梦》中只有四个例词，不到所有借代造词的1%。

（三）按语义类型

从本质上说，借代造词就是借代辞格在词汇系统中的固化。因此，如同借代修辞一样，在深层语义结构里，借代造词也有三个要素：本体、借体和相关性。借代造词是对其相关性的抽象概括和浓缩。按照本体和借体相关性的不同情况，我们将《红楼梦》中的借代造词分为两大类六小类：

1. 旁借

是指用随伴或附属事物替代主干事物的借代造词方式。"在原则上是，用随伴事物代替主干事物，用主干事物代替随伴事物，都没有什么不可以。不过事实上是多用随伴事物代替主干事物；用主干事物代替随伴事物的，虽不是完全没有，却是不大有的，名为旁借，便是为此。"①

（1）以特征、标志代主体

即以本体（人或事物）的典型特征来代本体的名称。

我们都有这样的经验：一提到某个特征，很容易就会联想到有这种特征的人或事物。比如走在一户人家门前，有简陋的

---

① 陈望道：《修辞学发凡》，上海教育出版社2001年版，第82页。

"柴门"的一定是贫寒的家庭,有红漆的大门("朱门")的通常都是豪富人家。而从对事物的认知来看,某一事物有显著的特征或标志,则更容易被认知和记忆。正因为如此,人们常常用特征或标志来代替事物,如用"红颜"代替貌美的女子,用"细软"代替贵重而便于携带的东西等。人或事物的特征有很多。对于人来说,长相、装扮、职业、肤色、年龄等都是特征,因此人们用"裙钗""脂粉""巾帼"等代替妇女,用"后生"代替青年男子,等等。对于事物来说,工具、材料、样式等是特征,因此人们用"坎肩"代替没有袖子的上衣,用"笔墨"代替文字,用"针线"代替缝纫刺绣等工作,等等。

前面已经说过,借代造词的前身都是借代修辞。但决定一个词是否会由最初的借代修辞转化为借代造词,在词汇库中稳定下来的一个很重要的因素就是借体(即用来替代主体的特征)是否具有典型性。也就是说用来替代主体的特征,必须真正足以代表该主体。例如用"脂粉"代替旧时代的女子,用"丹青"代替绘画等。一个典型的例子可以进一步说明这一点:"玉粒金莼"(上好的米饭和莼菜的嫩叶)和"膏粱"(肥肉和细粮)同样都让人联想到美味的饭菜,但相比后者,前者在人们心目中与主体(即美味的饭菜)的关联性还不够典型。我们检索了"中华经典古籍库",其中"玉粒金莼"只在《红楼梦》中出现过一次,而"膏粱"在《东周列国传》《三国演义》等中先后出现过17次,所以最终"膏粱"成为美味的饭菜的代名词,而"玉粒金莼"只是依赖具体语境才具有"美味的饭菜"义的借代修辞。

（2）以所在、所属代主体

某些人固定地活跃于某个场所、某个事物固定地出现于某个地方，这种印象凝固在人们的头脑中，用处所替代人或事物的借代造词模式就产生了。例如古时待客的礼仪是主位在东，宾位在西，因此，"西席"也就成了宾客或家庭教师的代称。传说月亮里面有三条腿的蟾蜍，因此，月亮被称作"蟾宫"。晋代太尉郗鉴派人到王导家去选女婿，王家的年轻人都很拘谨，唯有王羲之在东边床上若无其事地袒腹吃饭，结果偏偏被选中。后来人们就用"东床"代称女婿。用这种模式创制的借代造词在《红楼梦》中有很多，比如说"天下"的时候实质指的是位居在天下的中国，说"麾下"的时候实质指称的是帅旗下的士兵，说"正室"的时候实质指称的是居住在正屋的大老婆等。

（3）以动作、行为代

社会的分工决定了不管在社会上还是在家庭中每人都承担着不同的事务，各司其职，因此，不同的工作性质也标示着不同的身份：负责"陪房"的是随小姐一同出嫁的女仆，负责"管家"（即为主人管理家产和日常事务）的是地主或官僚家庭里地位较高的仆人，"裁缝"负责替人剪裁缝制衣服，"买办"负责替外国资本家经营企业、推销商品，……所以，"陪房""管家""裁缝""买办"等借代造词是借动作、行为代主体而创制出来的。如同人有不同的分工一样，物体也有不同的功用。人们造词时依据物体的不同功用来命名，于是，沙发、椅子等供人背部依靠的部分叫"靠背"，褥子和被子供人铺着、盖着睡觉就统称它们"铺盖"，披在肩上的没有袖子的外衣有挡风的作用就称呼它"披风",状如马尾的用具有拂去尘土和驱除蚊蝇的用处就叫它"拂尘",等等。因此,"靠背""铺盖""披风""拂尘"等借代造词是借功用代物体而创制出来的。对于事物来说的功用,从动作的主体(即施事者)来说,就是惯常的动作和行为,因此,我们把传统上的"用途代物体"一类也归入"动作行为代人或事物"。

在借代造词中还有一类,也是借助动作、行为来代称而创制的,只不过与前两小类分别代称的是动作行为的主体和客体不同,这一类代称的是与该动作、行为有关的活动、结果或目标,如"稼穑",用农业活动中的主要行为"稼"(种植)和"穑"(收割),泛指农业;"饮食",用"吃"和"喝"的行为代称"吃和喝的东西"(动作的受事);"建筑",用"建"和"筑"的行为代称"建和筑的目标"(即建筑物)等。

2. 对代

对代是指用人或事物相对的方面或相对的事物替代。借体与本体有着各种对应关系,如具体和抽象、原因和结果、专指和泛指等。

(1)具体—抽象

按照认知语言学理论,具体比抽象的事物更显著。因此,在借代造词中,以具体代称抽象的类型占了相当大的比例。例如用"箕斗"(箕宿和斗宿——星宿的名称)泛指群星,用"衣钵"(佛教中师父传授给徒弟的袈裟和饭钵)泛指传授下来的思想、学术、技能等,用"悲欢离合"泛指种种遭遇,用"锱铢"(锱、铢都是古代重量单位。锱:一两的四分之一;铢:一两的二十四分之一）泛指很少的钱或很小的事等。

专名往往来自文学作品、民间传说，是特定故事中的人物。但常常因为形象饱满，性格鲜明，深入人心，逐渐成为某一类人形象的符号和标志。如"红娘"，本是《西厢记》中崔莺莺的侍女，促成了崔莺莺和张生的结合。后来"红娘"被用作媒人的代称。相似的还有，"尧舜"成为圣人的代称，"西施"成为美女的代称，"孔孟之道"成为儒家学说的代称等。

我们认为，虽然来源不同，但传统借代分类中的"专名代泛称"一类实质上就是具体代抽象。正因为如此，我们将二者视为一类。

（2）部分—整体

按照认知语言学的理论，整体比部分显著。但特殊情况下，也可能相反。很多时候，有代表性的部分能代替整体和全部。如用"四方"（东、西、南、北——基本方向）代指各处，用"五彩"（青、黄、赤、白、黑——基本颜色）代指多种颜色，用"眉目"（眉毛和眼睛——容貌中最突出、最有区别性的部分）代指容貌，用"风月"（风和月）代指景色，用"九州"（古代行政区划）代指中国等。

（3）结果—原因

通常情况下，有什么样的原因就有什么样的结果，什么样的结果也对应着相应的原因，二者相辅相成。因此，结果可以成为原因的代称。例如吃饭时看到或听到可笑的事情，突然发笑，就会把嘴里的饭喷出来。在这里，事情可笑是原因，喷饭就是结果。所以说事情可笑就可以用"喷饭"代称。诸如此类，以结果代称原因的借代造词还有"侧目""汗颜""侧耳""反目""启齿""肝脑涂地""捏一把汗"等。

借代造词的类型在理论上应该等同于借代修辞的类型。在以往的研究中，很多研究者把借代修辞分为多至十几个小类。但笔者认为，这样的分类未免失于繁复。例如，"衣着、服饰代人""标志代事物"两个小类完全可以归入"特征代主体"，因为只要是具有区别意义的事物都可以看作是人或事物的特征，包括衣着、服饰、标志等；"用途代物体"也可以归入"动作、行为代主体"；专名代泛称其实就是具体代抽象的一种，等等。正是基于宁简勿繁的原则，本书将借代造词的语义类型只划分为两大类六小类。

前面已经说过，借代造词的前身都是借代修辞。决定一个词是否会由最初的借代修辞转化为借代造词，在词汇库中稳定下来的一个很重要的因素就是：借体（即用来替代主体的特征）是否具有典型性。也就是说用来替代主体的事物，不管是特征、所属还是动作，或其他的什么，都必须真正足以代表该主体。例如用"脂粉"代替旧时代的女子，用"丹青"代替绘画，用"红娘"代替媒人等。一个典型的例子可以更清楚地说明这一点：同样是地名，"龙井"因为盛产绿茶而有了替代绿茶的含义，因此成为借代造词，而"绍兴"因为产黄酒却并不具有足够的典型性，就不具备黄酒的含义，因而这种替代也只具有临时性，离开了具体的语境就立即失效，是借代修辞而不是借代造词。

上文将借代造词从语音、语法、语义分类，目的是从不同角度来分析修辞造词。当然，还可以从更多不同的角度来认识它。比如：

（1）多嘴　改口　绝粒　插手　挥毫　贪杯　启齿。

（2）白露　同窗　举止　嘴脸　人烟　红娘　蟾宫。

（1）和（2）的不同是从借代造词的词素是部分借代还是整体借代这个角度来考察的。

三、借代造词的心理机制

借代造词的心理机制基本类似于借代修辞的心理机制。因为借代造词与借代修辞的不同，归根结底只是本体与借体相关性的稳固程度的差别，前者是稳固的，一旦形成就恒久不变的，而后者则是临时的。

所谓"借代"，陈望道定义如下："所说事物纵然同其他事物没有类似点，假使中间还有不可分离的关系时，作者也可借那关系事物的名称，来代替所说的事物。如此借代的，名叫借代辞。"[1]也就是说，借代辞的本体和借体之间并没有相似之处，但存在着不可分离的关系。从心理学的角度来审视，这种不可分离的关系就是相关性：两个事物有某种关系，很容易由一个事物联想到另一个事物。与比喻基于"相似联想"的心理机制不同，借代基于"关系联想"的心理机制。也就是说，不是依据一个事物去理解与它有相似点的另一事物，而是

---

① 陈望道：《修辞学发凡》，上海教育出版社2001年版，第82页。

依据一事物去指称与它有关系的另一事物。这一点在西方修辞学中也得到证实。西方修辞学中有两个词："Metonymy"和"Synecdoche"，差不多相当于汉语的"旁借"和"对代"，尽管两种语言各自的分类体系和分类标准不尽相同。英国修辞学家内斯菲尔德等将二者都归入"基于临近关系的修辞格"，以区别于"基于相似关系的修辞格"。因此我们说：借代造词的心理机制是关系联想。

那么，什么叫"关系联想"呢？关系联想是"联想"的一种，它是人的大脑皮层的一种普遍的生理机能，依据此，人能把各种各样的活动、印象或字母、词和观念联系起来。也就是说，联想既是生理现象，又是心理现象。按照心理学的理论，人们感知过的东西，并不消失得无影无踪，而是会在大脑皮层留下兴奋的痕迹。在引起兴奋的刺激物离开以后，这些痕迹也能产生兴奋。据此，人们就能识记和保持并能随后再现已消失的对象的映像，或再现过去掌握的知识。由于记忆的存在与作用，当我们在现实中遇到某一现象时，我们就会在现实对象刺激物的激发下由此及彼地将当前事物和与当前事物相关的另一事物联系起来，从而形成对客观事物新的认识和体悟。这种在记忆时由一事物联想起另一事物的心理过程，就是心理学上所说的"联想"。它是现实事物之间的某种联系在人脑中的反映。

联想是一种较为复杂的心理现象。根据不同的角度与标准，它可以分为不同的类型。按联想所反映的事物之间的关系，普通心理学上把它分为"接近联想""相似联想""对比联想""关系联想"四类。

关系联想即反映事物之间的种与属、部分与整体、主体与宾体、原因与结果等关系的联想。具体来说，关系联想还可以分为四类：反映事物种与属之间相互关系的联想，叫作"种属联想"；反映事物主体与宾体之间相互关系的联想，叫作"主从联想"；反映事物部分与整体之间相互关系的联想，叫作"偏全联想"；反映事物之间因果关系的联想，叫作"因果联想"。

比如我们听到对一个年轻人的评价是"斗鸡走狗"这个词时，就会情不自禁地在脑海中产生此人游手好闲、不务正业的印象，这就是"种属联想"，"斗鸡走狗"是游手好闲、不务正业的具体表现，二者是种与属的关系；又比如，我们听到"嘴脸"这个词，就会立即想到一副不好的面貌或表情，这就是"偏全联想"，嘴脸与面貌或表情是部分与整体的关系；再比如，我们听到"裙钗"这个词时，就会自然而然地在头脑中产生一幅女子的画面，这就是"主从联想"，裙钗就是女子的伴随事物；还比如，别人一说某件事令人"喷饭"，我们第一反应就是这件事很可笑，这是"因果联想"，可笑与喷饭有因果联系。

从整体上来说，借代造词的创制与解读是基于"关系联想"的心理机制。具体来分，则又有差异。下面的图式比较直观地反映出借代造词的不同类型与关系联想的各个小类之间的对应关系：

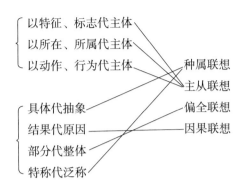

需要特别指出的是：借代造词的创制，在心理学上的依据就是两个事物之间有某种关系，由一个事物能很自然地想起另一事物的关系联想。这两种事物的关系，不管是种与属，或是主体与宾体、或是部分与整体、或是原因与结果的，但都是现实存在的。正因为如此，当听读者解读借代造词的文本时，才会在当前事物的刺激下，迅速地与经验中和记忆里曾经感知过的事物关联起来，从而实现说写者的指称意图。不过，在借代造词的解读时，能引发联想的刺激物不是现实的事物，而是头脑中由语言符号所标记的现实的映像。

四、借代造词的美质

（一）借代造词的多种美质

借代造词以换名的方式来实现对概念的指称，不仅使事物的形象更加鲜明生动，引发接受者无尽的心理联想，独辟蹊径地揭示出本体事物的内在特征。而且在指称的同时，给接受者以审美体验。借代造词的美质有很多，而且不同的语义类型往往有不同的美质。归纳起来主要有以下几点：

1.简洁美

古代汉语中，借代造词大多都是以双音节为主，三音节以上的很少，但是借代造词简单的字面词素之下却涵盖了极其丰富的内容，把概念传达得简洁、精练，可以说以少胜多。比如"解手"，字面义就是解开手。用解开手代指上厕所的造词理据是：民间传说中，明代山西的老百姓在被往外迁徙的时候，都是被政府倒背着手捆住的。然后把人一个个串起来，编成一队队，由士兵押送，输送到全国各地。老百姓想方便的时候，就要跟押解他们的士兵说："差老爷，解开手，我方便一下。"久而久之，叫的嫌麻烦了，老百姓只要说"解手"，士兵就会给他们松开手，让他们方便。后来，"解手"也就逐渐地演化成了方便的代称了——如此复杂的信息却只用一个关键词代称，借代造词的简洁性可见一斑。再比如"衣钵"一词，在字面上只提示了"袈裟和饭钵"，在相关联想的作用下，接受者想到的是抽象的思想、学术、技能等。不仅如此，接受者在理解概念的同时，还接受了隐含在概念之外的信息：老师（或前辈）传授给学生（或后辈）的思想、学术、技能等，好比佛教中师父传授给弟子的衣、钵，是用来安身立命的本钱。由此可见，借代造词不仅简洁地传达了丰富的概念义，而且在概念义之外，还传达出形象色彩义、情感色彩义、语体色彩义等言外之意，这就是修辞造词简洁美的体现。

2. 含蓄美

北宋的苏轼在《策总叙》中云："臣闻有意而言，意尽而言上者，天下之至言也。"①借代造词除了可以体现其生动形象之美，简洁精练之美，还可以让读者在理解概念的同时，充分调动读者的想象，让其感受到"象外之象""景外之景""言外之意"，表达了某些含蓄委婉的内容。比如借代造词中的一类来源于对某些禁忌事情的避讳，把"死亡"说成是"归西"，把流产说成是"小月"，把大小便说成是"解手"或"出恭"，把男女间的性事说成是"同房""圆房"等，含蓄中包含着对这些事情的避讳和抵触。再比如把别人的身体发胖说成"发福"等，委婉中包含着奉承和讨好之意。诸如此类说得既婉转又模糊，在不违背本意的前提下又避免了直接指称的尴尬。这就是借代造词的含蓄美的体现。当然，借代造词中不只是来源于避讳事物的一类才有含蓄委婉之美，像把干涉说成是"插手"，把惭愧说成是"汗颜"，把畏惧或愤恨说成是"侧目"等，不直截了当地说，而是委婉地、曲折地说，都体现出借代造词的含蓄美。

3. 新奇美

在中国古代的文学艺术理论中，历来反对因袭模仿，而崇尚新奇、独创之美。东汉王充在《论衡·自纪》中说："饰貌以强类者失形，调辞以务似者失情。百夫之子，不同父母，

---

① 〔北宋〕苏轼著，顾之川校点：《苏轼文集》上，岳麓书社2000年版，第7页。

殊类而生，不必相似，各以所禀，自为佳好。"①南朝刘勰在《文心雕龙》中主张"酌奇而不失真"，认为文学作品应该"酌奇"，应当具有新奇的特色。唐朝时杜甫追求"语不惊人死不休"，韩愈倡导"惟陈言之务去"，清代刘熙载在《艺概·词曲概》中说："词要清新，切忌拾人牙慧。盖在古人为清新者，袭之即腐烂也。拾得珠玉，化为灰尘，岂不重可鄙笑！"②可见历来文论家、作家都非常重视语言文字的新奇美。

从心理学的角度来说，人的审美心理是"喜新厌旧"的。旧内容、老形式、陈调子都容易使人的审美心理产生饱和。人的审美心理饱和一旦形成，审美探求的兴趣也立即消失。因此，从古至今，我们的作家一直在为语言文字的新奇美而努力。借代造词正是这样的审美追求下的产物。例如：《红楼梦》第37回"秋爽斋偶结海棠社　蘅芜苑夜拟菊花题"中探春的诗中有一句："莫谓缟仙能羽化，多情伴我咏黄昏。"其中的"羽化"就是"得道""成仙"的同义词，词义一样，但词语换成"羽化"，白衣仙子拍打着洁白的羽翼翩然飞升的画面立即跃然纸上，不仅意境立出，而且非常符合探春多愁善感少女的身份，很能引起读者审美探求的兴趣。

不落窠臼，独辟蹊径，寻求语言的陌生化，既是借代造词产生的动力，自然也是使用借代造词的审美功效。这样的例子

---

① 〔东汉〕王充著，陈蒲清点校：《论衡》，岳麓书社1991年版，第452页。
② 〔清〕刘熙载著，陈文和、刘立人点校：《刘熙载集》，华东师范大学出版社1993年版，第144页。

在《红楼梦》中比比皆是，比如称月光为"蟾光"，在变异中增加的是浪漫的神话色彩；称富家子弟是"纨绔"，在变异中增加的是具体可感的形象色彩；把死亡称作"归西"，在变异中增添的是说写者无限复杂的情感色彩等。《红楼梦》能成为一部不朽的著作，固然有很多原因，但注重词语的锤炼和雕琢，寻求语言艺术的新奇美和陌生化，不能不说是一个很重要的因素。

（二）借代造词的具象美

以上论述了借代造词的简洁美、含蓄美、新奇美，但这些美质通常都与借代造词的不同类型相对应。比如，来源于避讳的借代造词突显的是含蓄美，来源于典故的借代造词突显的是简洁美，来源于诗词的借代造词突显的是新奇美。而综合所有借代造词，我们认为，最普遍的则是具象美。

语言符号的本质是抽象的，不能像艺术作品那样直观地再现生活。但语言仍有很多丰富的手段来弥补其中的缺憾。借代造词就是其中之一。总是用突显的借体代替本体，以实现对要说写事物的指称——借代造词的转喻实质决定了几乎所有的借代造词，无论其词义抽象与否，都给人扑面而来的形象直观的特征，呈现出具象美。它借助临近联想，充分调动人们以往的认知经验，让不同事物间的联系得以贯通，从而使抽象的事物形象化，陌生的事物熟悉化，使读者心扉洞开，油然而生历历在目的具象之感。比如，不抽象地说没有儿女享受不到天伦之乐，而是具象地说"膝下"荒凉；不抽象地说某人把老师的学说和思想发扬光大，而是具象地说继承了其"衣钵"；等等。特别是借代造词中的特征代主体和具体代抽象类型的借代造词，更是将借代造词的具象美质体现得淋漓尽致。如代称女子的"裙钗"，代称青年女子的"青丝"，代称青年男子的"弱冠"，等等，如同在听读者面前展开了一幅幅栩栩如生的人物画卷。再如"悲欢离合""斗鸡走狗""耳鬓厮磨"等，用具体的动作和画面把抽象的人生际遇和生活方式形象地呈现在听读者的面前，使抽象的道理、概念，陌生的事物变得直观、具体、可感。

五、借代造词与中国人具象思维的特征

传统思维是指在一个民族的文化行为中，长久地、稳定地起决定作用的思维方法和思维习惯。它是一个民族普遍的思维倾向，是由该民族共同体成员的特定素质和生存环境所决定的，是群体或个人从事语言价值判断和语言选择的心理机制。这种思维方式或心理机制是隐蔽的，却通过文化行为而外化出来。

一种语言惯用的修辞手段无疑会折射出一个民族的传统思维方式。修辞格也是如此。因此，我们可以通过对一定民族所普遍使用的修辞手段的描写和分析，来考察该民族的传统思维。借代造词所体现出的美质，充分说明中华民族传统思维中具象思维的特征。

美不是关于事物性质的抽象的概念，而是生动、具体的、可感的形象。美只能在形象中出现，脱离形象和形式的抽象的美是不存在的。在思维过程中，中华民族总是引入具体可感的审美形象，并且始终伴随着主体强烈的情感活动，不作抽象的

演绎和论证。它向人们提供的不是抽象的概念，而是生动可感、富有色彩和诗意的活生生的画面。他们将由经验所得的事物外在性状或其他方面的特征进行梳理和归纳，以富有特征的事物、人物、事件、用途命名之，其中有不少干脆以视觉、听觉、触觉、味觉、嗅觉等人的具体生理感觉给地理实体命名，形成数量众多的借代造词。他们在对事物实体具有感性体验的基础上，驰骋想象的翅膀，将这种体验与人们在现实世界中其他体验联系起来，从而形成一系列借代造词。

重直观、感性、善联想的思维方式，说明具象思维是中华民族传统思维的一个非常明显的特征。这种思维特征在借代造词中无所不在。

事物与事物之间都不可避免地存在着诸如种属、因果等千丝万缕的联系，由一个事物很容易引起对另一个事物的联想。这是借代造词形成的前提。此外，在汉族人看来，对于概念和抽象观念，直接地称说显得平淡而笼统，换一种能够代表这种事物的突出特征的说法就会具体形象。因此，汉族人总是倾向于利用对象的感性特征来进行表述，让人们从感性的把握中去体味抽象的内涵。如形容事情可笑说"令人喷饭"、生活的费用称"嚼用"、形容心情极度紧张叫"捏一把汗"，等等。所有这些，无不是通过富有形象色彩的具象性思维方式和形象化表述方法表现出来的。由此观之，汉语所特有的诗意美、色彩美、朦胧美、动态美、声律美、节奏美，汉语修辞中的生动含蓄精神与汉民族充满美感色彩的具象思维是相辅相成的。这种不注重抽象的分析和形式的论证，而是重视主体的直觉体悟和豁然贯通的思维方式，与汉民族的传统思维也是一致的。

六、借代造词的转喻认知实质

（一）转喻的认知含义

当甲事物同乙事物不相类似，但有密切关系时，人们常常利用这种关系，以乙事物的名称来换称甲事物。例如，用"眉眼"代称容貌（部分代整体）、用"诸葛亮"代称足智多谋的人（具体代抽象）、用"汗颜"代称羞愧（以结果代原因）等。这样的一种间接指称方式，在语言学上很常见。它是人们在交际中惯常采用的一种语言表达手段。但从认知的角度来看，换称不仅仅是一种语言现象，更是人们认知客观世界的重要模式之一。它根植于人们的基本经验中，构成人们日常的思考和行动方式。在本质上，它是在同一认知域内用一个突显的、易感知的概念实体去帮助理解另一个概念实体的认知过程，目的是在同一个概念结构中的两个实体之间建立一种联系。认知语言学把这样的认知过程称作"转喻"。

（二）转喻的认知模式

1. 认知框架

认知框架，也称作认知域。就是人们根据经验建立起来的概念与概念之间的相对固定的关联模式。比如，部分与整体在一个认知框架内。之所以当有人说起"小王刚剪了头"，听话人很容易就理解了，是小王刚理了发，这是因为头发是头的一部分，二者在一个认知框架内。其他，如容器—内容、原因—结果、具体—抽象、领属者—领属物、动作—施事等也都在一个认知框架内。[①]转喻就是以事物间的关系联想为基础，在同一认知框架内用突显的、易感知的、易辨认的事物名称代替要指称的事物名称。其主要功能是对事物的指称。

如果说隐喻是处于不同认知域的事物之间的投射，那么转喻则往往是在同一认知域内用一个突显的事物来代替另一个事物。例如：

（1）王夫人便觉失了膀臂，一人能有许多的精神？
（《红楼梦》第55回）

（2）因此这李纨虽青春丧偶，居家处膏粱锦绣之中，竟如槁木死灰一般，一概无见无闻，惟知侍亲养子，外则陪侍小姑等针黹诵读而已。（《红楼梦》第4回）

例（1）出现了比喻造词"膀臂"，例（2）出现了借代造词"膏粱"。从"膀子、胳膊"到"得力的助手"，是从一个认知域投射到另一个认知域；而从"肥肉和细粮"到"美味的饭菜"则是在同一个认知域内的投射。

与隐喻一样，转喻也是基于人们的基本经验，是建立在语言交际共同体对某些概念的普遍的共同的认知经验的基础上。

① 沈家煊：《转指和转喻》，载《当代语言学》1999年第1期。

说到底，作为连接转喻的目标概念和源概念桥梁的各种类型认知框架，其实质就是认知世界的经验类型。比如用"笔墨"代文字书画是来自工具材料和事物总是因果关系的体验，用"眉目"代容貌是来自部分与整体密不可分的体验，用"衣食"代生活资料是来自抽象是对若干具体的概括的体验，等等。由此可见，转喻的本质就是在一个特定的概念结构内共同出现的实体之间建立联系，而这些实体之间的联系必须是人所共认的。

2. 突显性原则

任何一个事物都有多种特征，而人们往往更容易注意和记住事物最突出的方面。例如当一个陌生人出现在我们眼前的时候，他的花白胡子，很容易被我们记住；当我们看到一个刚出生的婴儿时，他通体的红色，最容易给我们留下深刻的印象。因为显著度高的客体最引人注目、最容易识别，当然也最容易处理、加工和记忆。转喻就是用突显的方面来替代事物。这就是转喻认知中的突显性原则。

处于同一个认知框架里的客体究竟哪个充当客体？或者说，什么是事物的突显方面呢？为什么有的时候突显的是事物的材料，有的时候突显的是事物的动作呢？除了特殊的表达需要，处于同一认知框架里的两个客体的显著度高低有其一般规律。就是在通常情况下，具体比抽象显著，部分比整体显著，特征比物体显著，结果比原因显著，等等。人们倾向于关注和记忆突显的信息，认为满足了认知突显原则也就实现了信息最大化原则。比如，在大多数人眼里，"茶饭"比"饮食"显著，所以人们用"茶饭"替代饮食；"眉目"比"容貌"显著，所以人们用"眉目"替代容貌;"肝脑涂地"比"死亡"显著,所以人们用"肝脑涂地"替代死亡;等等。

不过,事物的显著度还跟人的主观因素有关。同一个事物在不同人的眼里会有不同的突显面。以女人为例,当谈到女人的时候,不同的人会联想到不同的跟女人有关的美好方面:苗条的身段、温柔的声音、施朱傅粉的妆容、脉脉含情的眼睛、又弯又细的眉毛、环佩叮当的首饰,等等。这些特征都隶属于女人这个认知域,是汉族人普遍认同的概念,同时也是人们作出临近联想的认知基础和前提。也就是说,当我们要突显一个事物在某个方面的特质时,首先必须在对应的认知概念上建立一种心理感应。但是,不同的人有着不同的心理感知能力。于是,有的人用"脂粉"来指代女人,有的人用"蛾眉"来指代女人,还有的人用"裙钗"来指代女人,等等。

3. 转喻的生成过程

沈家煊对转喻是这样归纳的[①]:

1)在某个语境中,为了某种目的,需要指称一个"目标"概念B。

2)概念A指代B,A和B须同在一个"认知框架"内。

3)在同一"认知框架"内,A和B密切相关,由于A的激活,B(一般只有B)会被附带激活。

4)A附带激活B,A在认知上的"显著度"必定高于B。

5)转喻的认知模型是A和B在某一"认知框架"内相关联的

_____

① 沈家煊:《转指和转喻》,载《当代语言学》1999年第1期。

模型，这种关联可叫做从A到B的函数关系。

以"原来是一个丫鬟，在那里撷花，生得仪容不俗，眉目清明"（《红楼梦》第1回）中的"眉目"为例。在该语境中，"容貌"是需要指称的目标概念B，"眉目"是被用来指代目标概念B的概念A。两个概念："眉目"和"容貌"同在"部分—整体"这一个认知框架内，两者密切相关：眉目是容貌的组成部分。根据认知语言学的理论：部分比整体显著。所以，当作为部分的"眉目"汇集了较高的注意力强度的时候，作为整体的"容貌"也被激活。用部分代称整体，这一转喻认知方式在我们的日常生活中极为常见。A作为一个概念实体，在充当了思维的起点的同时，也为理解另一个概念实体B（认知目标）搭起了一座心理桥梁。人们借助临近联想的能力很容易就实现了二者之间的转换。正是基于这样的转喻思维，我们常常可以借"裙钗"来代"妇女"，借"东床"来代"女婿"，借"寒门"来代"贫寒的家庭"等。在指称的同时，它们还附带传递了其他具象信息。

（三）借代造词的转喻认知机制

认知语言学的视角使语言研究者们对众多传统问题的看法发生了根本性的转变。比如，传统语言学仅仅把借代看作一种语言表达方式，认为借代的主要功能是指称。而按照认知语言学的理论，借代不仅仅是一种语言现象，还是我们说话、思维甚至行为的一种惯常模式之一。它基于普遍意义上的相关关系，以区别性、显著性、鲜明的表达性为特征，以服务于个性化的表达目的与需求。一个最典型的例子是用一个人的脸部来代替人。例如：厂里又来了新面孔。"新面孔"即新来的人。用"面孔"来代替人，这在我们生活中很常见。因为面部是人与人之间最大的区别特征。我们记住了一个人的面部就记住了一个人。代表我们身份的身份证上贴的也是我们面部而不是全身的照片。由此可见，借代不仅仅是语言问题，而且是我们认知世界的模式，是我们概念系统的一部分，是用一个概念实体去帮助理解另一个概念实体，目的是在同一个概念结构中的两个实体之间建立一种联系。同样地，借代造词，从心理认知的角度去认识，它是一种与人类思维密切相关的认知过程。这个心理过程叫作"转喻"。

在前面，我们把借代造词分为两大类六小类。下面我们以借代造词的这几种不同类型（前面已谈到将借代分为两大类六小类的原因，此处不再赘述）为例，从认知的角度逐一加以解释。

1. 旁借

（1）以特征或标志代主体

以特征或标志代主体就是以事物的特征或标志代称有这种特征或标志的主体——人或事物。为何会形成这样的借代呢？从对事物的认知来看，某一事物有显著的特征或标志，则更容易被认知和记忆。比如，花白胡子的老人、戴红领巾的小学生、长鼻子的大象等。事物的突出特征相对于整个事物来说是简单的，是部分，但最容易吸引人的注意力。认知心理学的研究与实验证明：输入的复杂刺激会根据本身较简单的特征被识别。正因为如此，人们常常用特征或标志来代替有这种特征或标志的主体。例如，在《红楼梦》中以，用"大户"代称有钱有势的人家，用"青丝"代称女子的头发，用"赤子"代称刚出生的婴儿，用"孤拐"代称颧骨，用"霜降"代称霜降落的节气，用"缟素"代称丧服，用"粗活"代称技术性较低、劳动强度较大的工作，等等。根据认知语言学的理论，如果突显的部分——即特征或标志——被激活，则整体也被激活。换句话说，人们认知了突显的特征或标志，随即也就认知了有该特征或标志的事物。

（2）以所在所属代主体

用事物的所在所属相代。如《红楼梦》中用"蟾宫"代称月亮，用"西席"代称教师，用"东床"代称女婿等。这样的借代模式在汉语中比比皆是。按照认知语言学的观点，它们全都源于"容器—内容"一种认知框架。①按照这种理论，在我们生活的周围，容器无处不在：我们的身体是一个容器，呼吸、进食和排泄就是将内容放进或排出容器；屋子是容器，人、家具是其中的内容。水壶是容器，水是其中的内容。抽屉是容器，针线、布头、剪刀是其中的内容。延伸到抽象领域，国家、视线、思想等也都是容器。所以当我们指称容器的时候，我们也就激活了听读者头脑中与容器关联的容器中的内容。因此，当我们说"黄泉"的时候，听读者很容易联想到人死后灵魂所在的地方——阴间（迷信的人这样认为）；当我们说"床帏"的时候，听读者很容易联想到在床上的帐子里发生的男女之事；当我们说"正室"的时候，听读者很容易联想到居住在正屋的大老婆；等等。

---

① 沈家煊：《转指和转喻》，载《当代语言学》1999年第1期。

（3）以动作行为代

不同的劳动内容常常标示着人们不同的身份，如负责"陪房"的是随小姐一同出嫁的女仆，负责"管家"（即为主人管理家产和日常事务）的是地主或官僚家庭里地位较高的仆人，负责替人剪裁缝制衣服的是"裁缝"等。因此，说到某类动作或劳动行为，听读者很容易就将其与一定的劳动主体相联系。认知心理学上把这种认知的经验类型称作"动作—施事"认知框架。具体地说，"陪房""管家""裁缝"等属于"施事—动作—受事/结果"认知框架，而"靠背""铺盖""披风""拂尘""建筑""稼穑"等属于"施事—动作—与事/目标"认知框架。按照"配价图式"理论，认知框架是心理上的"完形结构"，以"老张天天在菜市场卖菜"为例，动作"卖菜"和施事"老张"在一个认知框架内，听到"卖菜的"，根据"施事—动作—受事/结果"这个认知框架，听者就自然而然地把它补充为动作的施事："卖菜的人"。同样，在"施事—动作—与事/目标—受事"这个认知框架内，听到"铺盖"这个动作，听者也会自然而然地把它补充为受事：被铺盖的东西（即被子和褥子）。"陪房""管家""裁缝"等也是如此。

2. 对代

（1）以具体代抽象

认知心理学的研究表明：人对世界的认知是从具体事物开始的。认知语言学的理论也证实：从显著度看，在一般情况下，具体的比抽象的显著。对于两个相关联的认知概念来说，人们很容易从心理上与那个显著度高的对象建立联系。根据

"接近即同一"的认知原理，显著度低的对象自然地也被人们所认知。因此，人们在造词时经常用具体的代称抽象的。比如，口和牙齿是比较具体的事物，也是人们在说话的时候显著度比较高的事物，因此，用"口齿"代称说话的本领，很容易引导人们从对具体事物的认知过渡到对抽象概念的认知。类似的，在《红楼梦》中还有：用"眉目"代称事情的头绪，用"春秋"泛指岁月，用"茶饭"泛指饮食，用"口舌"代称因说话而引起的误会或纠纷，用"斗鸡走狗"来泛指游手好闲、不务正业，用"一尘不染"泛指人品纯洁，丝毫没沾染坏习气等。前面说过，专名代泛称的一类也可以看作具体代抽象。比如用"西施"做美女的代称，用"红娘"做媒人的代称等。当然，在某些特定的环境下，抽象的也可以变得相对显著。所以，有时候，人们在造词时偶尔也用抽象的代称具体的。如用抽象的"富贵"来代称富裕尊贵的生活，用"如意"代称一种象征吉祥的器物等。

（2）以部分代整体

"部分—整体"认知框架也是人类基本的认知框架之一。人体是由不同的器官组成的，社会是由不同的成员组成的，自然界是由不同的生物组成的，一年是由四季组成的，等等。我们在生活中处处能感受到"部分—整体"的认知经验，因为部分和整体密切关联，部分常常又是整体中显著度高的。因此，在表达中，用部分代整体，很容易使接受者获得对整体的认知。例如，"花"和"鸟"是中国花鸟画中最核心的元素，显著度极高，因此，一提"花鸟"，很容易让人由部分联想到中国花鸟画这个整体。类似的，在《红楼梦》中还有：以"嚼用"代称

生活费用，以"荆棘"代称山野里丛生的灌木，以"笙歌"代称
奏乐唱歌，以"六亲"代称亲属，以"筋骨"代称体格，以"三
姑六婆"代称不务正业的妇女，等等。

（3）原因代结果

原因和结果相互借代而产生的借代造词方式可以用沈家煊
（1999）"施事—动作—结果"认知框架来解释。按照人们的
认识，原因和结果常常相关联，而原因常常表现为人们的行为
或动作。因此，动作、原因和结果实质上在一个认知框架内。
以借代造词"悬梁"为例，正是因为实施了"悬梁"的行为（或
动作），才导致了死亡结果的发生。"悬梁"既是行为，又是原
因。既然"悬梁"（认知对象A）和死亡（认知对象B）处于一个
认知框架内，按照认知语言学的理论，在同一"认知框架"内，
A和B密切相关，由于A的激活，B也被附带激活。类似"悬梁"
这样以原因代结果的借代造词，在《红楼梦》中还有：以"启
齿"代称开口，以"侧耳"代称认真倾听，以"肝脑涂地"代称
死亡，等等。既然原因和结果在一个认知框架内，原因可以激
活结果的认知，反过来也成立。例如，因为担心或紧张，手心
就会出汗。这是人类共同的认知经验。因此，说"捏一把汗"的
时候，很容易让人认知到内心担心或紧张的信息。"捏一把汗"
正是利用这样的认知框架，以结果代原因而造词的。类似的，
以结果代原因的借代造词，在《红楼梦》中还有：用"汗颜"
代称羞愧，用"侧目"代称畏惧而又愤恨，用"反目"代称不和
睦，等等。

第三节　其他修辞造词法

一、委婉造词

（一）委婉造词的定义

委婉格，又名婉曲格、婉转格。

陈望道在《修辞学发凡》中将其定义为："说话时不直白本意，只用委曲含蓄的话来烘托暗示的。"[①]如果替代本意的"委曲含蓄的话"只是临时的言语行为，这是委婉修辞。而有一些替代本意的"委曲含蓄的话"却在长期的语言实践中被以词的形式固定下来，我们称其为委婉造词。与委婉修辞（或称委婉格）相比，委婉造词的不同在于其稳定性。委婉造词不再是对本意的一种临时替代，而是一个个与本意形成固定同义关系的词。

从理论上说，用一种间接的、含糊的、不明说的、能使人感到愉快或避免尴尬的说法，来代替直白表达的语言方式有很多种，如语音的、语法的、词汇的、语用的等。委婉造词就是基于委婉的目的而产生的词汇方式。但它不同于我们常说的"委婉语"。"委婉语"，顾名思义，其外延应该比委婉造词

---

① 陈望道：《修辞学发凡》，上海教育出版社2001年版，第138页。

更大一些，不仅包含了委婉造词，还包含了一些基于委婉含蓄的目的而产生的委婉短语。例如在古代汉语中用来代替死亡的"山陵崩""百年之后"，在现代汉语中替代婚姻大事的"个人问题"等。

作为语言的一个重要组成部分，委婉造词从产生之日起就与特定的社会文化、价值观念和民族心理紧密地联系在一起。对汉民族来说，委婉造词则可以看成是委婉含蓄的文化传统在语言上的外化。比如将科举考试没考上说成"落第"；称大小便为"更衣"；老人去世了，曲折地称"归西"；怀孕流产了，婉转地说"小月"；等等。

（二）委婉造词的类型

世界各民族都存在着委婉造词。在希腊语里，委婉造词意为说得好听些的话。"好听些的话"是个比较抽象的概念，根据具体的语境，它的含义侧重点不同，有时候是语义的扬升，有时候是语义的减弱。为了达到前者的目的，需要美饰语言，即把原来"低的""差的"说成"高的""好的"。例如敬称长辈为"大人"、询问年轻女子的年龄敬称"芳龄"等。为了实现后者的效果，需要讳饰语言，即尽量使用模糊、抽象、模棱两可的词语，把原来可怕或严重的事物说得温和一点。例如把男女性事说成"同房"，把大小便说成"更衣"等。

委婉的情结最初源于语言禁忌。人类社会早期，人们因畏惧鬼神，便自然而然地将其与生活中的厄运灾难发生联想：认为个人的不敬、不信，会触犯鬼神，招致祸害。于是，人们对鬼神就有了百般禁忌。在我国，人文思想早在春秋战国已臻成熟，因此，商周以来的敬神畏鬼观念，在上层士大夫中间逐渐被冲淡。从此，礼俗的浸染与道德的渗透，使对鬼神的禁忌逐渐改换成另一种面孔："国讳""家讳""口讳"。禁忌是人类社会普遍存在的一种现象，也是汉民族心理层级体系中重要的一个方面。人们在因禁忌而避讳说某个概念的同时，就会在不改变原义的前提下，另创造一个新词迂回曲折地表达。委婉造词就是在这样的情况下产生的。可见，语言禁忌是产生委婉造词的直接动力。我们依据语言禁忌的不同方面，把《红楼梦》中的委婉造词分成不同的类型：

1. 对崇高神圣事物的禁忌

委婉语的最早主题无疑是宗教性的。人们迷信鬼神，对鬼神尊敬、崇拜直至惧怕，以致不敢直接称说。所以称黄河的河神为"河伯"，称火神为"祝融"，称风神为"飞廉"等。后来，对鬼神的敬畏扩大到自然界的水、火、风、雷，人类社会的生老病死，甚至天子、老师、父母、长辈等。对某些人非常敬畏，认为直呼他们的名字是大不敬的行为，必须禁忌。在汉语中因为避讳产生的大量称谓语就是一例。首先是敬称，皇帝位于封建等级秩序的金字塔的塔尖，在老百姓的心目中具有至高无上的权威和威严，所以皇帝被尊称为"天子""万岁"等。老师、长辈也是敬畏的对象，被尊称为"先生""施主""老爷""大人"等。同样是因为对长辈的敬畏，贬低自身的谦称也属于此类，如女子卑称自己为"奴家"，男子卑称自己为"后生""不才"，普通老百姓卑称自己为"草民""小人"等。除在君臣、官民下对上之间要尊称、对自己要谦称之外，同僚朋友之间也以尊称对方、卑称自身来表达对他人的尊崇。如称对方"相公""世兄"，称自己"奴家""不才"等。对敬畏人物的禁忌不仅表现在称谓上，还蔓延至涉及彼此的所有事物和行为的称说上，造出专门的词语来替代。如劳烦他人叫"俯就""屈尊""拨冗""大驾"等，问及别人的姓名、年龄、生辰，常用"芳名"、"芳龄"（"芳"限于女人）、"华诞"等，对自己的屋子称"舍下"，对对方的亲属称"令尊""昆仲""令妹"等，对别人的赞扬回答"岂敢"等。汉语中的国讳、家讳和英语中的神鬼讳相比，具有鲜明的特点，即两者所避讳的事物大相径庭：英语避神，有明显的宗教性；而汉语避人，有强烈的阶级性。

2. 对危险恐怖事物的禁忌

疾病、残疾、死亡等，是人们普遍恐惧和焦虑的事情，是各民族共同忌讳的话题。在日常生活中，人们不敢或不愿说出，唯恐它们闻声而至。当不得不说的时候，人们也要迂回曲折地表达。由此，创造出很多代称这些事物的词语以淡化恐惧心理。比如疾病缠身，称有"采薪之忧"；他人耳朵聋，要说他"耳背"；某人胖了很多那叫"发福"；死了得说"下世"，等等。对死亡避讳也连带着跟死亡有关的停尸、殡葬、棺材等全在避讳之列。比如把人死了停尸说成是"易箦"，把棺材说成是"寿材"等。

3. 对不洁不雅事物的禁忌

对人体的生殖器官或一些与身体有关的生理行为如放屁、排泄、性交等，汉族人都认为是不洁、不雅，难以启齿的，是语言中的禁忌。当不得不谈到这些话题时，总是尽量避免直截了当地说，而是使用含蓄或中性的词语来委婉曲折地表达。比如把大小便说成是"更衣"或"解手"，把男女性事说成是"同房""房事"，把流产说成是"小月"等。

（三）委婉造词的美质

南朝刘勰在《文心雕龙·隐秀》中专门论述过"委婉"。他说："隐也者，文外之重旨也……夫隐之为体，义生文外，秘响傍通，伏采潜发，譬爻象之变互体，川渎之韫珠玉也。"[1]意思是不直接把意思表达出来，而是伏在文内，从旁而发，主旨在言外。把委婉（包括委婉造词）的美质说得淋漓尽致。概括起来就是四个字：含蓄婉转。

有人把委婉称作"曲语"。章士钊译师辟伯《情为语变之原论》里有一段论曲语。归纳一下，他说了三点：第一，人们"采暗语而避明言"，但"措辞不同，指事犹是"。第二，"考其心境"，"以人之引以为嫌者，非字也，而字中之义蕴也"，所以闻"雅驯"之语则"乐其尊己"，而厌听"狎媟"之词。第三，"正为彼此互谅容头过身之地者矣"。[2]这既为了礼貌，也为了体面。概括起来又是四个字：优雅和顺。

这就是委婉造词的美质：含蓄婉转，优雅和顺。

---

① 〔南朝梁〕刘勰著，韩泉欣译注：《文心雕龙》，浙江古籍出版社2001年版，第213页。

② 陈望道：《修辞学发凡》，上海教育出版社2001年版，第143页。

（四）委婉造词与中国传统思维

1. 中庸和谐观念

受儒家思想主宰，中庸和谐是汉民族文化传统观念中的一种主流意识。儒家的经典文献《中庸》是这样解释儒家思想的精髓之———中庸之道的"喜怒哀乐之未发，谓之中；发而皆中节，谓之和"[①]。大致意思是：人的各种感情要尽量内藏于心，即使要表露出来，也要有节制，不要影响人与人之间的和谐。受这种思想的影响，我们汉族人在人际交往中崇尚对人要尊敬顺从宽容，对自己要谦卑克制隐忍。体现在言语表达上，就是一系列谦辞（如"不才""小人""晚生"等）、敬辞（如"先生""施主""大人"）的大量创制和广泛使用。一部分婉词，如聋称"耳背"，胖了称"发福"，身体有病称"欠安"等，也都是国人在交际中力求融洽平和氛围而避免冲突和刺激的中庸和谐观念的体现。

需要指出的是：辩证地来看，中庸和谐的观念背后其实折射出的是封建集权统治下形成的严格的等级尊卑观念。正如同"距离产生美"一样，社会的和谐安定正是基于对等级尊卑观念的高度认同和身体力行。这种等级尊卑的观念深入从生到死的阶段，活着的时候，君王叫"天子"，老百姓叫"草民"；同是死亡，君王叫"晏驾"，老百姓叫"下世"。

---

① 〔春秋〕曾参、〔战国〕子思著，郑艳玲译注：《大学　中庸》，三秦出版社2018年版，第41页。

2. 人体审美观念

一方面美是共通的，而另一方面，每个民族都有自己独特的审美观念。在人体美感上，中国古代某个时期以"胖"为美。受"多子多福"观念的影响，认为女人"胖"既有丰腴美又是生育能力强的象征，男人"胖"既代表着身体强壮又喻示着人丁兴旺。总之，在古人眼里，"胖"与殷实富足、健康祥和的生活所关联。所以，人胖了叫"发福"。在人体器官上，中国人认为生殖器官是不雅的事物，以人的某些生理活动，如放屁、排泄、性交为羞耻，必须提及时则迂回曲折地代称。所以，大小便称"出恭""更衣""解手"等，男女性事称"同房"等。

3. 宗教信仰观念

委婉造词的最早主题是宗教性的。就整个人类而言，它应该是源于"语言灵物崇拜"，是语言禁忌的产物。人们在因禁忌而避说某个词语时，就去创造一个新词迂回曲折地表达同样的意思。委婉造词就是在这样的背景下产生的。

"中国是个多神崇拜的国家。从原始的自然崇拜、图腾崇拜到人为的宗教崇拜，无所不包。"[①]中国的宗教有多种，包括儒教、佛教、道教等。各种代称死亡的委婉造词中，都打着深刻的不同宗教观念的烙印。

儒家虽然重现实重人事，但也认为天意是至高无上、神圣、不可违背的。因此，在说到死的时候，往往用"不测""不虞"

---

① 方伟琴、张顺生：《从文化差异看英、汉委婉语的异同》，载《华东船舶工业学院学报》（社会科学版）2002年第3期。

等词语来代称，表露出对天意无可奈何，只能顺应的情绪。

佛教的因果报应观念深入中国人头脑。受其影响，人们造出"上天""归天""下地狱"等词来指称死亡，充分映射出人们对善有善报、恶有恶报的信仰与期待。

道教是中国本土的宗教，对中国人的影响根深蒂固。道家的终极目标是得道、成仙，于是出现了"登仙""仙逝""成仙""羽化""仙游"等替代死亡的委婉造词。

在对死亡的委婉指称背后是人们对死亡的惧怕。不管是儒家的"不测"、佛教的"归天"，还是道教的"仙逝"，都是对死亡的辗转曲折的回避。

（五）委婉造词的心理机制

从说话者的目的而言，使用委婉造词就是为了使交际获得成功。

1967年，美国语言哲学家格赖斯（H. P. Grice）在哈佛大学的讲座上，首次提出了会话含义理论。格赖斯认为，在人类正常交流中，对话的双方有着互相接受对方的目标。因此，对话双方就要共同遵守一个原则，使自己的话语符合共同目标的需要。格赖斯称这一原则为"合作原则"。它包括四条准则：

（1）数量准则

a. 所说的话应包含交际所需的信息。

b. 所说的话不应超出所需的信息。

（2）质量准则

a. 不说虚假的话。

b. 不说证据不足的话。

（3）关联准则

说话要关联。

（4）方式准则

a. 避免晦涩。

b. 避免歧义。

c. 简洁明了。

d. 条理清楚。

然而实际上，在言语交际中，人们既需要遵守合作原则，又经常故意违反合作原则。1983年，英国语言学家利奇（Leech）把发话者为了交际顺利进行而故意违反合作原则的话语准则称作"礼貌原则"。他认为，在交际中只有合作原则是远远不够的，必须补以礼貌原则。利奇依据格赖斯的"合作原则"的模式也将"礼貌原则"分成六条准则，每条准则又都包含相反的两个方面：

（1）机智原则

a. 使他人受损最小。

b. 使他人受惠最大。

（2）慷慨原则

a. 使自身受惠最小。

b. 使自身受损最大。

（3）赞誉原则

a. 使对别人的贬损最小。

b. 使对别人的赞扬最大。

（4）谦虚原则

a. 使对自身赞扬最小。

b. 使对自身贬损最大。

（5）同意原则

a. 使自身和他人之间的分歧最小。

b. 使自身和他人之间的一致最大。

（6）同情原则

a. 使自身对他人的憎恶最小。

b. 使自身对他人的同情最大。

委婉造词的创制和广泛使用最恰切地诠释了以上的原则。委婉造词的来源不外乎两大类：禁忌语和敬谦词。例如敬谦词，把对方的女儿称作"千金"、把自己称作"不才"等，不是基于事实和证据，而纯粹是言过其实，明显地违背了"合作原则"中的质量准则。但这种故意违背恰恰是为了达到言语交际成功的目的，因为敬称对方，是为了"使对别人的贬损最小"，"使对别人的赞扬最大"；而卑称自己，是为了"使对自身赞扬最小""使对自身贬损最大"。分别符合了利奇"礼貌原则"中的赞誉准则和谦虚准则。再比如禁忌语，把人发胖说成"发福"，把耳朵聋了说成"耳背"，把死了说成"归西"或"羽化"，把流产说成"小月"等，也不是或不完全是基于事实和证据，而且含糊不明了，明显地违背了"合作原则"中的质量准则和方式准则。但同样地，这种违背是有意为之。因为在言语交际中，当对听读者的缺陷和不幸轻描淡写的时候，就会传达出说写者对对方缺陷和不幸的同情，这恰恰同时符合了"礼貌原则"中的赞誉准则和同情准则："使对别人的贬损最小""使对别人的赞扬最大""使自身对他人的憎恶最小""使自身对他人的同情最大"。

我们知道，用语言来表情达意是人类最基本、最不可或缺的交际活动，人们用言语进行交际的目的总是希望自己的言语交际活动能达到预期的效果。放弃清晰明了的事实或事物的表达，而选择含糊甚至言过其辞的说法，使认同多过分歧，赞誉多过贬损。从接受者而言，目的是给对方留足面子，让对方感到亲切以及自己被理解、被同情，从而对说话人产生好感，使对方更乐于接受说话者话语传递的信息。从说话者而言，使用婉转曲折的表达方法，尽量增加双方的共鸣，减少双方的反感，在交际中让对方感到被尊重。这样做，一方面有助于言语交际的成功，另一方面考虑到全体社会成员趋吉避害的普遍心理，交际时尽量使用婉转恭敬的词语，也可以充分彰显出说话者有文化、有内涵、有教养的身份和素质。

二、夸张造词

（一）夸张造词的定义

"夸张，就是故意言过其实，或夸大事实，或缩小事实，目的是让对方对于说写者所要表达的内容有一个更深刻的印象。"①例如："要是他发一点好心，拔一根寒毛比咱们的腰还

---

① 王希杰：《汉语修辞学》（修订本），商务印书馆2004年版，第299页。

粗呢。"（《红楼梦》第6回）王夫人的一根寒毛不可能比刘姥姥的腰还粗，作者也并不要求读者相信这一点。之所以还要这样说，只是为了渲染贾府的财势之大，是典型的夸张修辞。

夸张用来描写，能使形象鲜明突出；用来说理，能化抽象为具体、变深奥为浅显；用来抒情，则能达到情真意切的效果。正因为夸张有独特的语言效果，表达力极强。因此，夸张的修辞手法自古以来就是言语交际中不可或缺的手段，深受人们重视和青睐。王充在《论衡·艺增篇》中说："誉人不增其美，则闻者不快其意；毁人不益其恶，则听者不惬于心。"[1]意思是说，赞美一个人，或者批评、诽谤一个人，添油加醋，夸张一点，人家听起来才会痛快。

如同比喻造词、借代造词、委婉造词等一样，当一种修辞现象经常地被运用于言语交际的时候，久而久之，这种修辞的某些具体文本就会逐渐被凝练、浓缩或定形（不是所有的修辞造词都要经历被减缩文本的过程），最终以词汇的形式凝固下来，成为修辞造词。夸张也不例外。临时的、偶发的夸张修辞文本因为长期运用，逐渐为交际共同体所认可，以词汇的形式凝固下来，就是夸张造词。例如夸大时间长度的"半晌""千古"，缩小时间长度的"弹指""瞬息"，极言种类之多的"万般""万状"，微言空间之小的"一席之地""蝇头"，极力渲染程度的"一尘不染""骨瘦如柴"，着力强调声音的"山响""鸦雀无声""怨声载道"，等等。

---

[1] 〔东汉〕王充著，陈蒲清点校：《论衡》，岳麓书社1991年版，第131页。

（二）夸张造词的类型

1. 根据对客观事实背离的方向来分

对夸张修辞的分类，以往的汉语修辞学研究基本上是统一的。陈望道的《修辞学发凡》将其分为两类：普通夸张和超前夸张。黄伯荣、廖序东的《现代汉语》将夸张归纳为扩大夸张、缩小夸张和超前夸张三类。其实，他们所言的扩大夸张和缩小夸张就是陈望道所言的普通夸张下细分的小类。

夸张造词就是夸张修辞日久年深在词汇系统中的固化，因此，在客观基础、心理基础、表达效果等很多方面都与夸张修辞差别不大。但毕竟，修辞文本长短的不同决定了二者所承载的信息会有差别，例如夸张修辞中的超前夸张一类，是要"将实际上后起的现象说成在先呈的现象之前出现（至少说成同先呈的现象同时并现）"[①]，而夸张造词仅有的两到四个词素无法承载这样的信息量。因此，我们认为，在夸张造词中是没有超前夸张这一类的。

任何事物的性质、特征都有个现实的限度。这个现实的限度，正是夸张能让读者明显看出是故意言过其实的客观基础。也就是说"言过其实"，首先要有"实"，即一定的事实依据。鲁迅在《漫谈"漫画"》一文中谈到漫画的夸张时兼及语言的夸张，他说："'燕山雪花大如席'，是夸张。但燕山究竟有雪花，就含着一点诚实在里面，使我们立刻知道燕山原来有这

---

① 陈望道：《修辞学发凡》，上海教育出版社2001年版，第124页。

么冷。如果说，'广州雪花大如席'，那就变成笑话了。"①鲁迅的这段话被修辞学界视为经典，常被引用，以此来说明夸张要以事实为基础，不能无限制地夸大其辞。不过，这个根据可以是具体的事、物，也可以是主观的感受或情绪。那其次还得有"过"。这个"过"就是扩大或缩小。刘勰在《文心雕龙·夸饰》中云："言峻则嵩高极大，论狭则河不容舠，说多则子孙千亿，称少则民靡孑遗。"②而且这个"过"还需要非常明朗，使人一眼就能看出超过了说写对象的现实情况。

依据对客观事实的背离是极言（夸大）还是微言（缩小），我们把夸张造词分为夸大夸张和缩小夸张。

（1）夸大夸张型

所谓夸大夸张，就是故意把事物往大处说，或是强调其多、快、强、长……例如，把时间往久里说的"半晌""千古"，把种类往多里说的"百般""万状"，极言人聪明的"一目十行""过目成诵"，极言人恐惧的"心惊肉跳""提心吊胆"等。

（2）缩小夸张型

所谓缩小夸张，就是故意把事物往小处说，或是强调其少、慢、弱、短……例如，同样是时间，往少里说，《红楼梦》里就先后出现过"瞬息""登时""须臾""不日""倏忽""俄而""片时""片刻""立时""弹指""转眼""旦夕"等十

---

① 鲁迅：《鲁迅全集》第六卷，人民文学出版社1973年版，第287页。
② 〔南朝梁〕刘勰著，韩泉欣译注：《文心雕龙》，浙江古籍出版社2001年版，第197页。

几个，把时间短形容到只有喘一口气、弹一下指、眨一下眼儿的功夫等，可谓缩小夸张到了极点。此外，还有微言空间小的"一席之地""蝇头"，微言话语少的"三言两语""片言"等。

数字是表示数目的文字或符号，其最基本的功能是计数，即准确地对事物定量。但在夸张造词中，无论是夸大夸张，还是缩小夸张的类型里，运用数字都已不在计数，而在夸张渲染。如"无所不为""一目十行""三天两头儿""九霄云外""十分""百戏""千载难逢""万般"等，数字从"零（在词语中即'无'）""一""两""三"……一直到"千""万"等。

如果我们把研究的视角扩大到现代汉语，可以看到：在夸张造词中，夸大夸张中用的都是满数[①]"三""九""十""百""千"……例如"三番五次""九死一生""三教九流""十全十美""百里挑一""千载难逢""万无一失"等；而缩小夸张中用的都是歉数："一""二（两）""三"……例如"一丝不挂""一言不发""三言两语"等。其作用不在计数，而在其修辞作用：通过背离事实加以强调或渲染。其原因正如刘勰在《文心雕龙·夸饰》中所言"神道难摹，精言不能追其极；形器易写，壮辞可得喻其真；才非短长，理自难易耳"。要想"喻真"，传达对客观世界"质"的感悟，通过数量的增、减，以假求真，来吸引听者的注意力，是一条有效的途径。

---

① 满数、歉数的说法出自王力《王力文集》第1卷《中国语法理论》，山东教育出版社1984年版。

2. 根据被陈述对象的性质来分

寿永明（2002）仿照比喻的三要素：本体、喻体和相似点，把夸张辞格分析出三个基本语义要素：夸张物、夸张点和夸张形象。我们认为，在深层语义层面，夸张修辞和夸张造词的构成是相同的。差别在于：夸张造词的简约文本决定了三要素不可能同时出现在表层结构中。除夸张形象之外，夸张点和夸张物通常都是隐藏的。但在深层语义层面，作为被陈述对象的夸张物一定是存在的。它可以是具体的事或物，也可以是抽象的主观情绪或感受。

根据夸张造词中夸张物性质的不同，我们也可将夸张造词分为实体夸张型和虚体夸张型。

（1）实体夸张型

实体夸张型，即被夸张对象是具体的事或物。这一类型在夸张造词中占有比较大的比例。夸张形象所突显的是真实存在的夸张物的全部或某一部分特征和属性。例如，夸大程度的"万状"其产生的前提是有很多种样子存在，极言每次都射中目标的"百发百中"其产生的前提是射箭或射击非常准，微言空间极小的"一席之地"其产生的前提是有极小的一块地方或位置存在，等等。

（2）虚体夸张型

虚体夸张型，即被夸张对象是主观感受。在这一类型中，夸张物本身是抽象的、无形的感受。夸张形象的主体色彩非常浓厚，说写者重在表达自身的主观感受。例如，极言非常担心或害怕情绪的"提心吊胆""心惊肉跳"，非常惊恐情绪的"魂飞魄散""魂不附体"等，都是说写者内在心理在语言上的外化，并非真实事、物的描摹。

但不管是实体夸张型，还是虚体夸张型，都涉及一个夸张的"度"的问题，即"言"（夸张形象）与"实"（被夸张对象）之间的距离到底多大才恰当。夸张形象的构成是受诸多因素制约的，如说写者的性格特征、审美标准、主观感受，夸张物的性质，夸张物与夸张形象之间的对比关系，以及读者的接受程度，等等。所以，夸张的"度"不是绝对的，并没有一个固定的上限和下限，也不能简单地用客观事物的真实状况来衡量。夸张虽然是一种极度的夸饰，却是一种审美意义的真实。因而只要达到了审美意义上的真实，这个夸张就是适度的。

（三）夸张造词的美质

1. 新异的形象美

一般说来，形象的东西更能激发人的情感体验。夸张的基本功能是通过夸大其词，以达到情感的渲染或认知。因此，它对基本信息的传递不是靠客观的表述，而是靠展开想象的翅膀，用包含炽热情感的形象来传递。例如表述一个家庭的贫穷，就微言其"一贫如洗"。这是借助比喻来进行的夸张。想象主要是用形象来思维。由于想象力的参与，抽象的"贫穷"被言过其实地想象成干干净净、空无一物的具体形象。在具体形象的刺激下，读者潜藏在记忆里的相关生活体验被迅速激活，抽象的概念得以赋形和充实。

如果夸张物和夸张形象之间的差距不大，夸张所带来的形象美感也许将大打折扣。"燕山雪花大如席"给读者视觉上带来的震撼很大程度上源于它形象的新奇、大胆。夸张造词的形象美正在于它创造出的形象是新奇的形象。英国文学家和评论家爱笛生（J. Addison，1672—1719）指出："凡是新的不平常的东西都能在想象中引起一种乐趣，因为这种东西使心灵感到一种愉快的惊奇，满足它的好奇心，使它得到它原来不曾有过的一种观念。"[①]夸张造词的形象由于具有超常变异性，具有陌生新奇的品质，因而能给人一种乐趣，使人的心灵得到一种愉快的惊喜。况且"俗人好奇。不奇，言不用也。故誉人不增其美，则闻者不快其意；毁人不益其恶，则听者不惬于心"[②]，夸张造词以假乱真，化平常为神奇，在满足人的好奇心的同时，也使艺术更加具有魅力。例如：

> 叫了半日，拍得门山响，里面方听见了。（《红楼梦》第30回）

为了铺垫下文宝玉盛怒而踹了袭人一脚的情节，在表述宝玉敲门声很大这一信息时，曹雪芹用了"山响"这个词，结合比喻的夸张造词，塑造出的形象更加鲜明，栩栩如生。

艺术创作总是求奇求异，探索不可重复的个性化创作之

---

① 北京大学哲学系美学教研室编：《西方美学家论美和美感》，商务印书馆1980年版，第297页。

② 〔东汉〕王充著，陈蒲清点校：《论衡》，岳麓书社1991年版，第131页。

路，视陈旧、重复和雷同为坟墓。这是因为习见和旧知，会使人的阅读兴趣和审美器官疲劳、迟钝，而新颖却使人的思维活跃，体验深刻。正是这个原因，夸张造词在文学作品中效果非凡。例如：

> 所悲者，父母早逝，虽有铭心刻骨之言，无人为我主张。（《红楼梦》第32回）

把发自内心的真诚的话，夸张地表述为可以刻在心上，雕在骨上。这样的情形，现实中无，想象中有。因此，夸张造词所塑造的形象不是真实的客观形象，而是在对现实的创造性破坏中，塑造出的全新的、陌生化的艺术形象，它让听读者在震撼、赞叹和狂喜中重新发现世界、感知世界、再认识世界。

2. 浓烈的情感美

陈望道在《修辞学发凡》中说，夸张重在"主观情意的畅发，不重在客观事实的记录。我们主观的情意，每当感动深切时，往往以一当十，不能适合客观的事实"①。可见夸张的主旨重在表情达意方面。在夸张造词中，说写者受制于情感的驱动，对外部世界作变形的描写，或者扩大，或者缩小，最终创造出包含着自身浓烈情感的艺术形象。因此，夸张形象的创造不仅仅是服务于对现实世界的认知，更重在传递说写主体的主观情感。例如：

---

① 陈望道：《修辞学发凡》，上海教育出版社，2001年版，第131页。

刘姥姥看着凤姐骨瘦如柴，神情恍惚，心里也就悲惨

起来……（《红楼梦》第113回）

把凤姐消瘦的样子说成是"骨瘦如柴"。这一夸张造词的使用，
除了服务于认知，告诉听读者凤姐的样貌，更多包含着说写者
对凤姐命运沦落的一种同情和悲叹之情。

　　不仅在夸张造词建构审美意象的过程中，情感起着关键的
枢纽作用，在解读夸张造词传递信息的阶段，情感的共鸣仍是
认知的催化剂。例如：

宝玉哭道："我究竟不知晴雯犯了何等滔天大罪！"

（《红楼梦》第77回）

不过是妖妖乔乔的模样，却被认为是罪恶极大。当作者抛弃常
规表述，在语义上把"滔天"这一夸张的形象与晴雯妖妖乔乔
的情态超常规地嫁接在一起的时候，无疑在其中包含了极度不
认同的感情。而当这种包含着说写主体思想情感的夸张形象作
用于接受者的时候，同样，接受者也正是在这种渗透着强烈情
感的夸张形象的作用下，完成了对认知信息的反射、认同和接
纳。可以说，作者在这里运用夸张造词"滔天"，故意造成现
实的反差，却因为既传达出程度之大的信息，又暗含了说写主
体的深切不解之情，符合艺术的真实，因而有不可抗拒的艺术
魅力。

（四）夸张造词的心理机制

修辞活动和心理活动是紧密联系在一起的。夸张作为一种修辞现象，是特定心理机制制约下的产物。

最早认识到夸张是建立在一定的心理过程之上的是现代实验心理学家唐钺。他是第一个自觉运用心理学理论来研究修辞格的学者。在他的著作《修辞格》里，他就明确提出夸张的心理基础是想象。

我们从生成和解读两个阶段来分析夸张造词的心理机制：

1. 夸张造词的生成心理机制

我们认为，夸张造词生成的心理过程可分为两个阶段。

（1）通过感知认知本体事物的阶段

感知本体事物是夸张造词生成的前提和基础。当某个事物（即夸张造词的本体）呈现于眼前的时候，人们通过感觉器官来实现对其个别特性的把握，又通过知觉器官来实现对其整体属性的认知。

而心理学的理论告诉我们，人们在感知客观事物的过程中，伴随着对事物表面特征或内在本质的把握，常常会在心理上产生相应的喜、怒、哀、乐的情绪和情感的反应。而情绪和情感的强度大小因人而异，与人的学识、修养、阅历、审美倾向等直接有关。例如有人在浩瀚的大海面前喜极而泣，有人却平静如水。

（2）通过想象创造出夸张意象的阶段

实验心理学的研究显示：人言语上的变异行为（辞格就

是变异修辞的一种）是内心剧烈情感活动的外在表现。也就是说，修辞的内在心理机制就是情感超常。陈望道是持这一观点的代表。他认为，我们主观的情意，每当感动深切时，往往以一当十，不能适合客观的事实。而心理学研究也表明：在激情状态下，人往往会出现短暂意识狭窄现象。即认识活动的范围缩小，理智分析能力受到抑制，自我控制能力减弱，甚至会在头脑中出现一些超常规的幻象。所以，形容思念人的心情非常迫切，觉得时间过得好慢的时候，夸张地说"一日三秋"，即一天不见，就好像过了三年；形容机会难得，夸张地说"千载难逢"，即一千年也难得遇到；形容很短的时间，夸张地说是"瞬息"，即只有一眨眼、一呼吸的时间；等等。

明明是难熬的一天，却想到"三秋"；明明是一般的难逢，却想到"千载"；明明是"一会"，却想到"瞬息"；等等。这种在本体事物的刺激下产生新意象的心理过程就是想象。想象是一种特殊形式的思维，具有生动性和创造性的特征。夸张正是人借助想象能力，依据以往的认知经验，在头脑中对本体事物再创造的过程。其表现形式是：在逻辑上与常理相悖，在语言上表现为语法或语义上的变异搭配。例如夸张造词"肠断""一日三秋""一目十行""千里眼""顺风耳"等，依据的不是生活中的事实，而是远远高于事实，有悖于常理。再如"夺目""片时"等不符合语言搭配的常规。

从感知本体事物，到通过想象创造出生动的意象，完成夸张文本的构建（包括夸张修辞和夸张造词），这只是夸张造词生成的心理过程。

2. 夸张造词的解读心理机制

任何一个修辞活动都是交际双方共同参与的结果，包括生成和解读的双向过程，夸张造词也不例外。如前所述，夸张造词的生成是基于说写者情绪的高涨，从而才导致对本体事物的感受超出理性逻辑的范畴，而以幻象代替了真实的实体。夸张造词的解读过程正好与生成过程相反：通过视、听器官感知抽象的语言符号所代替的事物映像，是言语接受者在解读夸张文本的第一步。例如，当我们听、读到夸张造词"一溜烟"时，立即就会依据以往的认知经验在脑海中再现这个画面：风吹之下，烟迅速以条状蔓延扩散。听读者在头脑中还原和再现夸张意象的过程，其实就是审美的过程，也是与创造者产生共鸣的过程。第二步，在言语理解中，言语接受者会自然而然地把本体事物和夸张意象进行比对、叠加、融合。如果可以用图来标示，我们应该会看到言语接受者的认知焦点由夸张意象的画面然后转到两个意象的叠加，最后再回归本体事物形象这样一个过程。正是在这种比对、叠加、移植中，接受者实现了用夸张意象认识本体事物的目标。

话语接受的过程，也是接受者审美移植的过程。一方面，为了自己意欲表达的信息不至于被漠视，说写者会尽可能采取各种新奇手段（主要是违背逻辑事理和语言常规的陌生化语言模式），以吸引接受者的注意力。而另一方面，当"九死一生""魂飞魄散""须臾""片刻"……这些颇具直觉震撼的陌生化语言模式进入接受者的视野时，接受者被暂时地带离了真实的客观世界，进入斑斓的想象世界，在新奇、惊叹、狂喜等的情绪巅峰中，也就不知不觉实现了与听读者在观念、体会上的相遇、相知和共鸣。

在夸张造词的生成和解读阶段，创造者和接受者在心理上都经历了情绪高度强烈的心理过程，不同的是：前者是主动的，后者是被动的；前者是从理性到非理性的，后者是从非理性到回归理性的。正是由于心理活动性质的相同和顺序的相逆，创造者才能艺术地传达个性化的体验，而接受者才能共鸣这种体验，才能保证"作者得于心，览者会其意"，才能保证说写者用夸张描摹出"象外之象，景外之景"，接受者就能从夸张中感受到"韵外之致，味外之旨"。

三、其他修辞造词法

（一）用典造词

诗文里引用的古代故事和有来历的词语，我们称作典故。中华民族历史悠久，文化源远流长，传世典籍极为丰富，自然给典故的产生、繁衍和流行提供了广阔的土壤。引用典故，是我们古人写诗作文常用的一种修辞方式，简称"用典"。许多诗文常因为贴切地用典，显得含蓄、凝练、委婉、典雅，而且意味深长。如："昔人已乘黄鹤去，此地空余黄鹤楼。"（唐崔颢《黄鹤楼》）。黄鹤楼因其所在之武昌黄鹤山（又名蛇山）而得名。"昔人已乘黄鹤去"，典出《太平寰宇记》："昔费文祎登仙，每乘黄鹤于此憩驾，故名黄鹤楼。"①仙人驾鹤本属虚无，现引用典故，以无作有，说仙去楼空，就有感叹岁月不再，感叹世事苍茫之意。相比直白的感叹，显得言简意赅，意味隽永。有些典故在长期的使用过程中，形式发生了由繁趋简的变化，当形式和意义日趋稳固，具备了复音节词或短语的特点时，就有可能由不定型的典故变成定型的词或短语。我们把这类因用典而产生的词或短语，称作"用典造词"。

根据典故来源（简称"典源"）是故事还是词句，《红楼梦》中的用典造词可以分为"事典"和"语典"两大类：

1. "事典"类

所谓"事典"类词语，是由前代的故事，包括古代神话传说故事、历史故事、寓言故事、宗教故事等，在用典过程中逐渐被浓缩、定型而成的词语。如：

> 士隐笑道："……邀兄到敝斋一饮，不知可纳芹意否？"（《红楼梦》第1回）

其中的"芹意"一词，语出《列子·杨朱》："昔人有美戎菽，甘枲茎芹萍子者，对乡豪称之。乡豪取而尝之，蜇于口，惨于腹，众哂而怨之，其人大惭。"后世诗文经常引用该典故来谦言自己礼物菲薄或建议浅陋，如三国魏嵇康《与山巨源绝交书》中有："野人有快炙背而美芹子者。"唐高适《自淇涉黄河途

---

① 〔北宋〕乐史撰：《太平寰宇记》，中华书局2007年版，第2279页。

中》诗之九中也有："尚有献芹心，无因见明主。"这些后世诗文中出现的有关向人推荐芹菜的故事，就是用典。在屡次的用典中，"献芹""芹意"逐渐成了形式固定、意义固定的词语。又如：

> 宝钗笑道："原来这叫负荆请罪！"（《红楼梦》第
> 30回）

其中的"负荆"一词语出《史记·廉颇蔺相如列传》："廉颇闻之，肉袒负荆，因宾客至蔺相如门谢罪。"后来，人们在表达真诚地认错赔礼的意思时反复地引用该典故，如《水浒传》第73回中有："我和你赌砍头，你如何却来负荆？"《孽海花》第16回也有："只有负荆请罪，求妹妹从此宽恕就完了。"前代的故事在后世诗文中被引用，这是用典。逐渐地，当"负荆"固定地表达认错赔礼的意思的时候，就由用典修辞转而变成用典造词。

类似的以故事为来源的用典造词，《红楼梦》中还有"中山狼""东道""举案齐眉""掩耳盗铃""矛盾""垂青""管窥蠡测""金蝉脱壳""知音""东施效颦""推敲""得陇望蜀""杯弓蛇影""风声鹤唳""破镜重圆""刻舟求剑""红娘""投鼠忌器""顶缸""高山流水""定鼎""云雨""做东""束脩""天花乱坠""冰人""解铃系铃"等。成语大都属于用典造词中的"事典"类。

2. "语典"类

所谓"语典"类词语，是指前代有来历出处的诗文在用典过程中逐渐被浓缩、定型而形成的词语。如：

> 好容易熬了一天，这会子瞧见你们，竟如死而复生的一样，真真古人说"一日三秋"，这话再不错的。（《红楼梦》第82回）

其中的"一日三秋"语出《诗经·王风·采葛》："彼采萧兮，一日不见，如三秋兮。"这样的诗文因为生动地形容了别后的深切思念之情，因而在后世被反复引用。如南朝梁何逊《为衡山侯与妇书》说："路迩人遐，音尘寂绝，一日三秋，不足为喻。"唐李白《江夏行》中有"只言期一载，谁为历三秋！"久而久之，"一日三秋"就成了固定的词语，用来形容思念殷切。又如：

> 贾政拆封看时，只见上写道：金陵契好，桑梓情深。……（《红楼梦》第99回）

其中的"桑梓"一词语出《诗经·小雅·小弁》："维桑与梓，必恭敬止。靡瞻匪父，靡依匪母。"意思是见了桑梓容易引起对父母的怀念，所以起恭敬之心。后世即以桑梓为家乡的代称，屡屡引用。如唐柳宗元《闻黄鹂》中就有："乡禽何事亦来此，令我生心忆桑梓。"《三国演义》第22回也有："桑梓松柏，犹宜肃恭。"逐渐地，在被引用的过程中，"桑梓"最终成为和"家乡"同义的复音节词。

类似的以诗文为来源的用典造词，《红楼梦》中还有"金兰""春秋笔法""出类拔萃""醍醐""燕尔""羽化""天网恢恢""不郎不秀""为人作嫁""桑梓""飞黄腾达""黄道""黑道""孺人""鹑衣""强梁""百足之虫，死而不僵""槁木死灰""求全之毁""助纣为虐""否极泰来"等。

同样是来自古诗文中的典故，用典造词还可以依据造词词素与根源典故的关系，分为以下两类：

第一，引用型。

用典造词是直接引用故事或诗文中的某个现成词语而成。引用典源中的现成词语，包括两种情况：第一种，取用典源中能表达中心意思的词语。例如"东道"，语出《左传·僖公三十年》："若舍郑以为东道主，行李之往来，共其乏困，君亦无所害。"这是郑国使者烛之武对秦伯说的话。郑国在秦国东边，故自称"东道主"，意即东方道路上的主人。后来便用"东道主"指主人，也简称"东道"。《红楼梦》第37回"我作个东道主人，我自然也清雅起来了"中的"东道"一词就是径直取用典源中有代表性的词语而形成的用典造词。同一类型的，《红楼梦》中还有"云雨""红娘""东床""槁木死灰""定鼎""缱绻""束脩""弱冠""更衣"等。第二种，截取诗文中的某个词来表示该典源。例如"燕尔"，语出《诗经·邶风·谷风》："宴（'宴'通'燕'，安乐）尔新昏（'昏'与'婚'通），如兄如弟。"意思是：新婚和美，情如兄弟。后人摘取

"燕尔"作"新婚"的代称。这一类型在用典造词中所占比例较少。《红楼梦》中比较鲜见。《现代汉语词典》中属于此类型的还有"而立""不惑"等。

第二，概括型。

有些用典造词是概括典故的主要内容而形成的。例如"金兰"，语出《周易·系辞上》："二人同心，其利断金。同心之言，其臭如兰。"后来，人们把这句话概括为"金兰"一词，加以引用，逐渐成词，固定地表示牢固而融洽的友情之义。《红楼梦》第45回有："金兰契互剖金兰语　风雨夕闷制风雨词"。又如"为人作嫁"，语出唐秦韬玉《贫女》："苦恨年年压金线，为他人作嫁衣裳。"后来它被人们不断引用，最终简缩为"为人作嫁"的四字成语形式，成为空为别人辛苦忙碌的代称。与此类似的，《红楼梦》中还有"中山狼""芹意""莲步""膏肓""睚眦必报""蟾宫折桂""管窥蠡测""衣钵""倾城倾国"等。

用典造词与典故、用典两个概念密切联系。典故是被后世引用的故事和诗文，用典是后世引用前代的故事和诗文的言语行为，用典造词则是在引用前代故事和诗文的过程中逐渐形成的词和短语。但用典造词又不同于二者：首先，前代的故事和诗文并不都是典故，只有那些经典的故事或诗文被后世反复引用的才是典故。其次，被后世反复引用的典故并不一定都形成用典造词。就"事典"来说，用典者把故事比较详细地叙述出来了，这些叙述文字是用典，但不是用典造词。例如，《红楼梦》第39回："有个唐僧取经，就有个白马来驮他；刘智远打天下，就有个瓜精来送盔甲。"就语典来说，用典者或者是整句引用，比如《红楼梦》第1回"到头来都是为他人作嫁衣裳"引用了唐秦韬玉的《贫女》诗中的原句；或是概括成自己的话引用，例如《红楼梦》第31回"千金难买一笑"引用了南朝梁王僧孺《咏宠姬诗》中的句子："再顾连城易，一笑千金买。"或者使用的词语虽然来自典源但其词义并没有脱离语境义，例如《红楼梦》第17回"三径香风飘玉蕙，一庭明月照金兰"中的"金兰"。这些都不是用典造词。

需要特别指出的是：不是所有有来历出处的词语都是用典造词。从共时的角度来看，每一代使用的词语中产于当代的，数量极其有限，大多数词语都是前代累积下来的，都有来历出处，如果都算作用典造词的话，提出这样的概念就失去了意义。用典造词与一般词语的区别有二：其一，词义与典源直接相关，而不是简单的字面义。也就是说，用典造词的词义一般与字面义相距甚远，而一般词语的词义则基本由词素义提示。例如《红楼梦》第47回"你知道我一贫如洗，家里是没的积聚"。要知道其中的"一贫如洗"的词义，不需要知道其出处，仅靠字面意思就能了解。而第61回："这样说，你竟是个平白无辜的人了，拿你来顶缸的。"要知道其中的"顶缸"一词的词义，则必须知道其典源。若仍按字面分析则造成理解错误。其二，词素部分或全部来源于典源。无论是"事典"类，还是"语典"类，用典造词都是前代典故的凝练和浓缩。其表现就在于，不管一个典源造出几个词语，其词素一定部分或全部地来源于典源。例如用典造词"献芹""芹意"（《红楼梦》第1回）都来自《列子·杨朱》，因此都有其核心的词素"芹"。再如，"唇亡齿寒""齿竭唇亡"（《红楼梦》第73回）都来自《左传·僖公五年》"谚所谓：'辅车相依，唇亡齿寒'者，其虞、虢之谓也"。因此，都有其核心词素"唇""齿"。

（二）摹绘造词

摹绘是摹写客观事物的颜色、声音、味道、性状、情态等的修辞方式。有摹写声音的，如"只听外面咭咭呱呱，一群丫头笑进来"（《红楼梦》第62回）；有摹写颜色的，如"因看看那院中的香藤异蔓，仍是翠翠青青"（《红楼梦》第78回）；有摹写情态的，如"忽喇喇似大厦倾，昏惨惨似灯将尽"（《红楼梦》第5回）；等等。而摹写声音的最为常见，因此，"摹绘"又称"摹声"。将摹绘修辞应用于造词，就是摹绘造词。在《红楼梦》中如："碌碌""隐隐""咕咚""冷清清""影影绰绰""山响""蹑手蹑脚"等。

前面说过，摹声是人类语言能力中较易达到的，因此，摹声造词是语言发生过程中最初的一种造词方式。从开始的简单摹声，到后来有意识地以一种具体的形式——主要是重言，更广泛地摹写客观事物的颜色、形状、情态等各个方面，从《诗经》到《红楼梦》，摹绘造词经历了长足的发展。搜集整理《红楼梦》中的摹绘造词，我们可以清晰地看出古代汉语摹绘造词的基本状况。

根据摹写事物的不同方面，我们把《红楼梦》中的摹绘造词分为六类：

1. 摹写声音的

摹写声音的就是词语的创制是基于摹写事物发出的各种声响。例如："忽听环佩叮当，尤三姐从外而入。"（《红楼梦》第66回）这里的"叮当"是摹写金属、玉器等撞击的声音。再比如："这竹子桥规矩是咯吱咯吱的。"（《红楼梦》第38回）这里的"咯吱"是摹写物体被挤压的声音。用摹声法构造出来的主要是象声词和感叹词。象声词单纯描摹事物的声响，例如"扑哧"，形容笑声或水、气挤出的声音。类似的还有"唧咕""咯噔""丁当""呜呼""哼唧""咕哝""喊喊喳喳"等。感叹词通过描摹人的声音表达人的情绪。例如"哎哟"，表达人的惊讶、痛苦等。类似的还有"呜呼"等。无论是象声词还是感叹词，都诉诸人的听觉，给人如闻其声的感觉，因而蕴含着鲜明的听觉形象色彩。

2. 摹写颜色的

摹写颜色的就是词语的创制是基于摹写客观事物的各种色彩。例如《红楼梦》中就有"黄澄澄""白花花""红扑扑""白茫茫"等。

语言中用来指称颜色的词语称颜色词。汉族对颜色的指称，一是区别，其目的在于"从色彩连续体中分辨出'红''黄''黑''白'等色彩范畴①"。包括单音节的基本颜色词（如白、黑、红、黄、蓝、紫、绿、蓝、灰等）和多音节的复合颜色词（如浅蓝、紫色、古铜色、灰白等）。二是

---

① 李红印：《汉语色彩范畴的表达方式》，载《语言教学与研究》2004年第6期。

描绘，其目的不是分辨出不同的色彩范畴，而是对观察到的色彩性状（例如硬度、亮度等）进行程度上的描绘和刻画。其词汇手段除比喻造词（如"雪白""猩红""漆黑"等）外，就是摹写事物颜色的摹绘造词。例如"黑"这一色彩范畴，可以因被观察事物的不同、观察角度的不同以及观察者情感、审美心理的不同而描绘刻画为"黑不溜秋""黑沉沉""黑洞洞""黑咕隆咚""黑乎乎""黑茫茫""黑蒙蒙""黑黢黢""黑压压""黑油油""黑魆魆"等不同的色彩状态。

在词性上，这一类的摹绘造词大多都是三音节以上的形容词。其构词的语法手段以偏正式为主，常常带有鲜明的形式标志，在形态不发达的汉语中显得尤为突出。主要有两种情况：第一种是"颜色词素（单音节）+叠音后缀"，如"白茫茫""红扑扑""黑沉沉"等，或者强化了视觉感受，或者用过视觉与听觉、触觉、味觉、嗅觉等的叠加，给色彩添加了立体的效果，突出了人们的心理感受；第二种是"（单音节）颜色词素+（三音节）后缀"，如"红不棱登""白不呲咧""灰不溜丢""黑不溜秋"等，在摹写色彩的同时传达说写者不喜欢、厌恶等的贬义情感（《红楼梦》中没有第二种）。

3.摹写味道的

摹写味道的就是词语的创制是基于摹写人对事物的各种滋味感觉。这一类《红楼梦》出现的例词只有"甜丝丝"一个。如果把语料库的范围扩大到《现代汉语词典》（第7版），类似的还有：摹写"辣"味觉的"辣乎乎""辣丝丝""辣酥酥"，摹写"酸"味觉的"酸不溜丢""酸溜溜"，摹写"甜"味觉的"甜津津"，摹写"咸"味觉的"咸津津"等。

4. 摹写景象的

摹写景象的就是词语的创制是基于摹写客观世界的风景。在《红楼梦》中包括摹写自然风景的"迢迢""盈盈""油汪汪""沉甸甸""逶迤"等，以及摹写社会场面的"乱哄哄""哄然""静悄悄"等。

5. 摹写情态的

摹写情态的就是词语的创制是基于摹写人的动作、神情、姿态等。在《红楼梦》中，例如摹写人动作的"扑簌簌""潸然""长吁短叹""颤巍巍"等，摹写人神情的"直瞪瞪""嬉皮笑脸"等，摹写人姿态的"飘然""蹑手蹑脚""醉醺醺""袅袅婷婷"等。

在词性上，摹绘造词因为重在描摹而不是指称，因此除摹写声音的一类是象声词和叹词外，其他大多是形容词，只有少量的副词。

在构词形式上，除了"油光""冰冷""漆黑""滚热""逶迤""愁眉苦脸"等由相异词素（成词词素或不成词词素）组成的无显性标志的结构，大多数摹绘造词的形态标志比较鲜明，或者借助重叠（有AA式、ABB式、AABB式、AABC式、ABAC式），或者带有后缀（"~然"式）。

从词义上看，摹绘造词不是对事物性质的指称，而是对事物状态的描写，因此都包含着程度不等的量和鲜明的形象色彩，能引起人们对现实中某些形象的联想。我们这里所说的形象，不单单是指诉诸视觉的形象，也包括诉诸听觉、嗅觉、味觉、触觉的形象。只要是来自审美主体对客体的表象的描摹，我们认为都能引起人们如临其境、如闻其声的情境联想。例如"唧唧""咕咚"，引起的是人们对声音的联想，"皑皑""白茫茫"引起的是人们对色彩的联想，"毛烘烘""硬帮帮（邦邦）"引起的是人们对性状的联想，"醉醺醺""闷闷不乐"引起的是人们对情态的联想等。

（三）其余修辞造词法的简短说明

1. 复叠造词

"把同一的字接二连三地用在一起的辞格"①，叫复叠。复叠共有两种：复辞和叠字。我们所说的复叠造词，确切地说，其实是叠字造词。叠字，就是把两个相同的单音节词素重叠起来使用。古人以一字为一言，因此，叠字又称"重言"。清王念孙《广雅疏证》卷三："《北征赋》云：心怆恨以伤怀。重言之则曰恨恨。""恨恨，即为重言。"

我国古代文化典籍中存在大量重言现象，因此研究重言现象的学者以及相关论述都很多。清代王筠著有《毛诗重言》一书，专讲《诗经》中的重言。如"喓喓"状虫鸣，"丁丁"状伐木声；"蹲蹲"形容舞蹈之状，"迟迟"形容行路舒缓之状。物的发声和物的动作姿态经常是持续重复的，所以在语言里就采用重言来描摹。当有意识地将其作为加重意思的手段时，就演变为一种修辞方式。正如同比喻、借代、委婉等修辞方式

---

① 陈望道：《修辞学发凡》，上海教育出版社2001年版，第164页。

运用的结果不必然是词的产生一样，只有两个单音节词素以稳定的形式连用且意义固定时，我们才把其称作重言词（即复叠造词）。如《红楼梦》中就有"一一""草草""姥姥""姑奶奶""好端端""哭哭啼啼""面面相觑"等。复叠造词是汉语向双音节化和多音节化发展过程中出现的造词法。

普通话口语里的亲属称呼大都是重言词，如"爸爸""妈妈""姐姐""哥哥""弟弟""妹妹""爷爷""奶奶""姑姑""舅舅"等，原因可能是由模拟声音的重复而来。从最早的无意识摹声发展到后来摹写各种颜色、味道、性状、情态，再到后来有意识地叠字造词，重言词中的确有很大一部分来自摹绘造词，如《红楼梦》中的"炎炎""绵绵""颤巍巍""笑吟吟""战战兢兢""面面相觑"等。但是，复叠造词（具体地说，应该是叠字造词或重言造词）与摹绘造词的本质是不同的：复叠造词的焦点是在形式上两个相同单音节词素的连用，而摹绘造词的关键在于语义上对事物各种特征的描摹。只不过，描摹的手法之一是两个单音节的重叠，或者说，音节的重叠有时候是描摹的手段之一。而对那些不借助音节重叠作为造词手段的摹绘造词来说，则不存在与复叠造词的交叉现象。如《红楼梦》中的"咯噔""飘然""逶迤""愁眉苦脸""长吁短叹"等。

在《红楼梦》中，复叠造词法造出的词包含了名词、形容词、副词、象声词等多种词性，较少动词。复叠造词缺少动词式的状况是由以下三种情况造成的：第一种，动词在重叠前已经是独立的词，重叠后由于词义变化不大，只不过比重叠前增加了色彩义（如情感色彩等）。这种情况下，出于语言的经济性考虑，一般不认为是词（《现代汉语词典》不收），而看作凝固程度低于词的短语。如"唠唠叨叨""说说笑笑""来来去去"等。第二种，重叠前是动词，重叠后不再是动词。例如"偷偷摸摸"等，更多地表示一种状态和性质。第三种，重叠前的词素是动词性的，表示动作，但重叠后的动词则由动作转向动态，例如"磕磕绊绊""战战兢兢"等。以上这些由动词或动词性词素重叠而形成的复叠造词，在句子中常作修饰语，具有很强的描写性，我们通常认为它们是形容词性的。

复叠造词的词性以形容词和副词居多，一方面是因为其词根在未重叠前大多不能独立运用，不是独立的词（如"悄悄""默默""袅袅婷婷""怔怔""眈眈""黄澄澄"等），或者虽然重叠前是独立的词，但重叠后词性与词义完全不同（如"断断""隐隐""汪汪""偏偏"）。另一方面，重言的初衷在于形容、道貌、象声、绘景，也是一个重要原因。可见，不是所有的词在重叠以后都仍然是词。比如动词，其中的大多数被重叠使用只是临时的修辞现象，而不能在词汇系统中固化。由此可知，重叠前的语言成分的语法性质是决定修辞格在词汇中能否固化的一个重要因素。

《红楼梦》中复叠造词的类型除了从重叠后的词性来分，还可以从语法结构上分为AA式（如"飒飒""断断""啾啾""簌簌""面面相觑""官官相护"等）、ABB式（如"颤巍巍""忽喇喇""静悄悄""骨碌碌""喘吁吁"等）、AABB式（如"三三两两""口口声声""疯疯癫癫""轰轰烈烈""影影绰绰"等）、ABAC式（如"呆头呆脑""蹑手蹑脚""探头探脑""疑神疑鬼"

等）和AABC式（如"闷闷不乐""面面相觑""官官相护"等）。

在人们生活的认知世界中，事物、事件、性状、动作等都含有"量"的概念和因素。"量"的概念通过多种语言手段反映出来，其中之一就是复叠：

复叠造词中的"动词式"（确切地说，应该是重叠前是动词或动词式词素的那一类），如"试试""调查调查"等（《红楼梦》中没有这一类的例词），表时量短、动量小。但需要注意：复叠而形成的动词，表示的"量"不是客观量，而是主观的量，带有明显的说话人的主观色彩和说话人对这种属性的主观评价。换句话说，包含着说话人的感情在内。

复叠造词中的形容词式（如"汪汪""讪讪""嘻嘻""静悄悄""直挺挺""袅袅婷婷"等）和副词式（如"默默""悄悄""谆谆""断断""暗暗""怔怔""巴巴""口口声声""幽幽"等），"词语重叠是语言的一种重要的'调量'手段，把基式所表示的'量'向加大或者加小两个维度进行调整"①。例如："日间的发烧犹可，夜里身热异常，便谵语绵绵。"（《红楼梦》第102回）其中单个的"绵"字只能表示事物的性质——"连续"，其重叠式"绵绵"则将本来的这种性质从程度上大大增加，使其成为一种情态或状况——"连绵不断的样子"。

2.缩略造词

为了修辞上的需要，而对短语进行节短和缩合的修辞手法，

---

① 李宇明：《双音节性质形容词的ABAB式重叠》，载《汉语学习》1996年第4期。

叫节缩，也称缩略。所谓"修辞上的需要"指的是：（1）凝练，使语言变得简洁。（2）优美，使音节变得协调。例如："幽淑女悲题五美吟　浪荡子情遗九龙佩"（《红楼梦》第64回）把中国古代的五位美女——西施、虞姬、明妃、绿珠、红拂——简称为"五美"，意义不变，但语言简洁，同时前句的"五美"又和后句的"九龙"形成对偶，使整句读起来朗朗上口，音韵整齐和谐。如果节缩只是某个说写者临时所为，如以上的"五美"，其节缩后的形式并没有取得交际共同体的认同，我们把这样的言语行为称作节缩修辞。反之，如果节缩之后的语言形式以词的身份在词汇库中被固定下来，我们称其为节缩造词。为了称说的方便，我们可以把节缩前的短语称作原词，把节缩后形成的词称作"缩略词"。"节缩都是音形上的方便手段，于意义并没有什么增减。"[①]如将儒家的主要经典《大学》《中庸》《论语》《孟子》简称为"四书"，意义仍然是指的这四本书，并没有任何的改变。任学良就认为简称是词或词组的简缩，不是造词的问题，我们认为，虽然节缩的前身是词组，但节缩后的语言形式在功能上已经等同于词，在形式上已经固定化，在句子中完全充当了词的功能，例如"三从四德""五香""八股""九州"等，已经完全替代了完整却不简洁的原词，在人们的头脑中与普通词语没有任何差别。特别是在现代汉语中，借助节缩而创制的词如"语文"（语言文学）、"高中"（高级中学）、"文艺"（文学艺术）、"科技"（科学技术）等已经完全取代

----

① 陈望道：《修辞学发凡》，上海教育出版社2001年版，第172页。

了原词，很多人甚至不清楚它们是由原词节缩而来。因此，从已经形成了新的独立的音义结合体的角度来判定，这完全就是造词的方法。

节缩造词是古已有之的造词方法，如由"大乔、小乔"缩略而成的"二乔"。但是在单音节词占优势的古代汉语时期，它的造词数量有限，其能产性远不能与音义结合、引申、修辞等造词法相比。到了现代汉语时期，在汉语词汇多音节化和语言表达要求简洁化的双重趋势下，节缩造词成为高产的造词法之一。在现代汉语中，节缩造词主要有三种类型：

第一，提取节缩法。

提取节缩法，是指从原词中提取有代表性的词素组合成词的方法。如：外资企业——外企；流行性感冒——流感；妇女联合会——妇联；等等。节缩前后语法结构不变。

第二，合并节缩法。

合并节缩法，是指将原词中相同的词素合并，也就是省去原词中并列两项里相同词素的前一个来成词的方法。如：离休、退休——离退休；中医、西医——中西医；冤案、假案、错案——冤假错案；等等。语法结构由节缩前的并列式变为节缩后的偏正式。

第三，数词节缩法。

数词节缩法，是指用数词概括原词中并列项的项数，后面缀以原词中各项的共同词素或概括各项共同特征的词素来成词的方法。如：无生产厂名、无生产厂址、无生产卫生许可证编码——"三无"；苍蝇、蚊子、老鼠、蟑螂——"四害"；面向未来、面向现代化、面向世界——"三个面向";等等。语法结构也由节缩前的并列式变为节缩后的偏正式。

古代汉语单音节词占优势的特征决定了节缩造词古今的不同差异:

首先,节缩造词在古今汉语中的地位不同。

古代汉语的词以单音节词居多,单音节词的并列没有节缩的必要。因此,节缩造词不可能是古代汉语主要的造词方式。而在现代汉语中,一方面双音节词占绝对优势,当今世界科学技术发展日新月异,大量包含复杂特征的新事物、新概念不断涌现;另一方面,语言使用者不断追求简洁、高效。按照美国语言学教授G. K. 齐普夫的理论,语言交际遵循"省力法则",即语言中使用频率最高的词就是最短的词。依据该理论,人们对经常使用的音节或词素比较多的词,必然会尽量简缩。以上这些因素共同促成了形式简洁、信息丰富的节缩造词如雨后春笋般的激增,节缩造词成为当今最能产的修辞造词方式之一。相比古代汉语,范围广、数量多,从政治领域到经济领域、科技领域、文化领域等,覆盖生活的方方面面。

其次,节缩造词的具体类型也不同。

古代汉语单音节词居多的状况决定了多项单音节词的并列结构不可能使用提取节缩法和合并节缩法来节缩。因此,古代汉语中的节缩造词以数词节缩法为主。如:金、木、水、火、土——五行;魏、蜀、吴——三国;黄帝、颛顼、帝喾、唐尧、虞舜——五帝;东、西、南、北、东南、东北、西南、西北——八方;等等。

在《红楼梦》中，我们同样发现：提取节缩法和合并节缩法创制的词几乎没有，12个节缩造词全是数词节缩法创制出来的。如：九州（冀州、兖州、青州、徐州、扬州、荆州、豫州、梁州、雍州），五内（心、肝、脾、肺、肾），四书（《大学》《中庸》《论语》《孟子》），五香（花椒、八角、桂皮、丁香、茴香），三从四德（未嫁从父、既嫁从夫、夫死从子；妇德、妇言、妇容、妇功），八字（用天干地支表示人出生的年、月、日、时，合起来的八个字），四肢（人体的两上肢和两下肢），五经（《易》《书》《诗》《礼》《春秋》），八股（破题、承题、起讲、入手、起股、中股、后股、束股），文房四宝（笔、墨、纸、砚），八卦（乾、坤、坎、离、震、艮、巽、兑），三姑六婆（尼姑、道姑、卦姑、牙婆、媒婆、师婆、虔婆、药婆、稳婆）。

3. 仿拟造词

仿拟即仿照已有的词语、句子、腔调、韵律，稍加改变，造出新形式的修辞手法。仿拟只是形式上的联想仿造，因此，仿拟前后语言形式的性质不变。按照被仿拟的语言形式的组成结构的不同，仿拟修辞可分为仿词、仿语、仿句、仿篇、仿调等。我们这里只论述其中的仿词。

修辞中的仿词，指的是人们根据表达的需要，在现成词语的比照下，更换词语中的某个词或词素，临时仿造出新词语的修辞方法。前面已经说过，本书中词的概念是广义的，既包含了语言里最小的、可以自由运用的单位，也包含了相当于词的单位，如成语、短语、熟语等。因此，仿词修辞仿拟的可以是词，也可以是语。例如：

> 湘莲见他如此不堪，心中又恨又愧，早生一计，便拉他到避人之处，笑道："你真心和我好，假心和我好呢？"（《红楼梦》第47回）

前面有"真心"一词，后面就仿照它的形式造出"假心"一词，这是仿拟修辞中的仿词。又如：

> 贾珍方好，贾蓉等相继而病。如此接连数月，闹得两府俱怕。从此风声鹤唳，草木皆妖。（《红楼梦》第102回）

"草木皆兵"是我们熟知的成语。该句中的"草木皆妖"，显然是从已有的成语"草木皆兵"仿拟而来的，这是仿拟修辞中的仿语。

不管被仿拟前的形式是否是固定的词，只要仿拟已有的形式造出了相应的新形式，都称为仿拟修辞。如："香菱道：'一箭一花为兰，一箭数花为蕙。凡蕙有两枝，上下结花者为兄弟蕙，有并头结花者为夫妻蕙。我这枝并头的，怎么不是？'荳官没的说了，便起身笑道：'依你说，若是这两枝一大一小，就是老子儿子蕙了。若两枝背面开的，就是仇人蕙了。'"（《红楼梦》第62回）前面的"兄弟蕙""夫妻蕙"与"真心""草木皆兵"不同，不是汉语中固定的词，而是临时短语，但仿拟它们而造出了"老子儿子蕙""仇人蕙"，仍是仿拟修辞。与仿拟修辞不同的是，仿拟造词是指那些以汉语中现成的词为摹本，借助仿拟修辞手法造出了稳定的词的造词方法。或者可以这样说，不是所有的仿拟修辞（只包含仿词和仿语）最终运用的成果都一定是词，只有那些借助了仿拟修辞，最终所仿拟产生的新词为交际共同体所认可的，才成为仿拟造词。

在当代，仿拟造词法也像缩略造词法一样成为重要的造词方式，以一个基词为仿拟的范本往往孳生出不止一个的新词，如仿拟"酒吧"造出"网吧""话吧""茶吧""氧吧"等，仿拟"名人"造出"名嘴""名导""名模""名师""名吃"等，仿拟"导游"造出"导购""导医""导播""导读"等。

但是，在古代汉语中，仿拟造词并不是一个相对活跃的造词方法，而且仿拟造词的历时性特征特别突出，从基词到新词之间往往时间相隔久远，很难像今天这样亲历仿拟造词如分子裂变一样由一生十的真实状况。再加上，有相同词素的同型结构比比皆是，缺乏相关材料的记录，很难确定两个词之间仿拟关系的存在与否。例如我们可以通过检索古代典籍，看到"内人"最早见于《周礼》，"外人"最早见于《孟子》。但是，《周礼》成书是否早于《孟子》，目前尚无定论，也就是说"内人"是否早于"外人"成词尚不确定。退一步说，就算"内人"成词在先，也不能证实"外人"一词就一定是在"内人"一词的基础上仿拟而成。因为跟"外人"一词的同型结构还有很多，换言之，与其疑似有仿拟关系的词不止一个。比如"外物"，就见于跟《孟子》成书时间差不多的《庄子》一书中，我们很难确定"外人"是否仿拟成词以及跟哪个词有仿拟关系。正是基于以上原因，考证古代汉语中两个词之间的仿拟关系不是一项一目了然、一蹴而就的工作，因此，从科研工作遵从权威性、准确性的角度考虑，我们没有对现代汉语中修辞造词的重要方式之一的仿拟造词给以统计、分析和贸然的定论。至于《红楼梦》中丰富多彩的仿拟修辞我们会在第三章论述。

第四节　修辞造词的兼格现象

一、修辞造词兼格现象的存在和解读

正如同修辞格之间有兼用的现象一样，修辞造词也存在同样的状况，即一个词或短语的创制同时与两种或两种以上的修辞造词法相联系。例如，"那些亲友听见，就一溜烟如飞的出去了"（《红楼梦》第105回）。其中的"一溜烟"一词同时兼用了比喻和夸张两种修辞造词法。又如"只见秋纹、碧痕嘻嘻哈哈的说笑着进来"（《红楼梦》第24回）中的"嘻嘻哈哈"一词同时兼用了摹绘和复叠两种修辞造词法。再如"真真古人说'一日三秋'，这话再不错的"（《红楼梦》第82回）中的"一日三秋"同时兼用了比喻、夸张、用典三种修辞造词法，等等。

造词是一种极其复杂的行为，一个词的创制受多种因素的影响和决定。拿"三姑六婆"来说，今天我们已无法确切地揭示人们造词的初衷，究竟是出于比喻、借代、缩略、对偶中的

某一种或某几种修辞造词法考虑，却在不经意间也契合了其他种类的特征，抑或是四种修辞造词法兼而考虑的结果。之所以还要提出修辞造词法的概念，旨在揭示修辞造词不同于一般造词法造出的词的独特效果，而这种效果的分析离不开对其采用的修辞造词法的性质和数量的揭示。比如"大火烧了毛毛虫"（《红楼梦》第40回）其中的"毛毛虫"一词，正由于其同时包含了摹绘和复叠的修辞造词法，因此既有摹绘造词所特有的具体生动的形象性，又有复叠造词所特有的和谐、悦耳的音律美。又如"封肃喜的屁滚尿流"（《红楼梦》第2回）中的"屁滚尿流"一词，由于同时兼用了夸张、借代、摹绘的修辞造词法，借摹写极其夸张的外在行为（屁滚、尿流）代替抽象的心理（又惊又喜）的表述，才使该词生动、形象；而又因为在修辞文本的建构时将对偶造词运用于词素形式上的排列，使该词又具有形式上的对称美和音律上的节奏美。

二、修辞造词兼格现象的不同类型

（一）不同修辞方式的偶然结合

有些词的创制也许是在运用某一种修辞造词法的同时，仅仅偶然地契合了另外一种或多种修辞造词法，因此被兼用在一个词中的多个修辞造词法之间没有必然的联系。例如同为比喻造词，"海誓山盟"兼用了对偶造词法，"鹑衣"则兼用了用典造词法；同为对偶造词，"三从四德"兼用了缩略造词法，"口口声声"则兼用了复叠造词法。再比如用典造词，因为"用典"只标示了该词的产生来源（是前代的故事或诗文），而不是产生方法（比喻或借代等），因此用典造词跟很多其他修辞造词法都有交叉。"红娘""东床""尧舜""驸马""孔孟之道""春秋笔法"等是用典与借代的兼格，"矛盾""附骥""桑梓""豆蔻年华""请君入瓮"等是用典与比喻的兼格，"杯弓蛇影""解铃系铃""借风使船""风声鹤唳"等是用典与对偶的兼格。因此，精确地说，用典不能算一种最初的造词方法，只标示了语源。具体到不同的词，比如"效颦"一词，最早出现于《庄子·天运》，其造词法应为比喻造词；"东床"一词，最早出现于《世说新语·雅量》，其造词法应为借代造词，等等。但是，同为比喻造词，"效颦"与一般的比喻造词，如"剑眉""虎狼""鹅黄"等的确不同；同为借代造词，"东床"也与一般的借代造词，如"白骨""中秋""屋里人"等有差别。为了特别说明这些来源于前代经典故事或诗文、有着特别的修辞效果的词语，将之与一般词语区别开来，我们沿用了修辞方式中的"用典"一格的术语，作为这一类特殊词语的上位概念，在这个大的类之下，仍然可以对其直接造词方法进行更细致的分析。

（二）两种修辞方式的有机结合

还有一些词，它们在被创制时，在使用一种修辞造词法的同时，必须结合另外的修辞造词法，即某种修辞造词法常常固定地与另外的一种造词法为伍。我们一一地来看：

1. 委婉造词法和借代造词法

以委婉造词法创制的词语，常常借助借代造词法。这是因为委婉是一种说话时不直接说出本意，而是用委婉含蓄的话来烘托暗示的修辞方式，在言及死亡、生理上的缺陷的时候，为了表示谦逊或表示对别人尊重的时候，由于感情的原因不忍心直说某事的时候，等等，不能直截了当地说出本意，而要迂回曲折、转弯抹角地说，而这种委婉含蓄的修辞效果的实现常常需要借助不直言其事的借代手法。例如作为上厕所婉辞的“更衣”就是以相关的动作（换衣服）代替不太文雅的生理活动而实现的，作为男女性事婉辞的“床帏”是以事情发生的场所（床和帐子）来代替令人难堪的行为的，作为流产婉辞的“小月”是以胎儿的产出不足月份（或月份很小）来代替大多数人不愿提及的胎儿死亡的。类似的还有“不才”“晚生”“羽化”“归西”“同床”“咽气”等。可以说，几乎所有的委婉造词都兼用了借代造词法，但反过来不成立，不是所有的借代造词都兼用委婉造词法。理由很简单，通过“换名”的方式（即借代）可以实现委婉含蓄的目的，但“换名”不全是为了追求委婉含蓄，例如以“裙钗”代称女子，目的在其形象；以“燕尔”代替“夫妻”，旨在追求文雅；以“偷鸡摸狗”代称偷盗，显得具体。

2. 夸张造词法和比喻造词法

以夸张造词法创制的词语，常常借助比喻造词法。这是夸张和比喻修辞都是客观事物激发起人们的感情冲动后，人们发挥想象的结果。例如“刘姥姥看着凤姐骨瘦如柴”（《红楼梦》第113回）中的“骨瘦如柴”一词，用枯干的柴来描写很瘦的人，借助有相似性的事物之间的类比来说明某一事物，这是比喻；但人再瘦也不可能跟柴那么细，可见，本质特征相似是客观基础，程度上却天壤之别，旨在神似而不拘泥于形似，这又是典型的夸张。归纳起来，比喻和夸张造词之所以能兼用在一个词的创制上，是因为两个事物之间能因为相似性而被关联到一起，借助的就是离奇想象。同样类型的还有"蝇头""弹指""水蛇腰""火速""一溜烟""一日三秋""海誓山盟""山响""滚热"等。

3. 摹绘造词法和复叠造词法

以摹绘造词法创制的词语，常常借助复叠造词法。这是因为复叠造词的雏形是摹写自然界的各种声音现象的摹声词（具体见本书第一章第二节）。在《诗经》中我们看到大量摹声词，有模拟鸟类鸣叫的"关关雎鸠"，有模拟兽类叫声的"呦呦鹿鸣"，有模拟鸟兽动作声音的"肃肃鸨羽"，有模拟人类动作声音的"伐木丁丁"等。钱锺书在《管锥编》中告诉我们：摹声是人类语言能力中较易达到的，似乎是一种本能技术。董作宾在《"研究婴孩发音"的提议》一文中也认为从牙牙学语的婴孩的发音过程也许可以探寻到原始语言从简到繁的进化程序。由此我们可以推测：人类语言的发展过程正是从最初本能地摹声开始，逐渐发展到后来有意识地叠音（即复叠或重言）的。复叠造词法是从摹声孵化出来的，因此复叠造词法和摹绘造词法常常"孪生"在一个词中。而兼用了这两种造词法的词，如"冉冉""巴巴""颤巍巍""疯疯癫癫"等，既有摹绘造词的形象美感，又有复叠造词的音韵美感。

第三章
《红楼梦》修辞造词的特色

在明清的小说中，后人评价《三国演义》的语言"文不甚深，言不甚俗"[①]，《水浒传》的语言粗豪浓烈，《西游记》的语言幽默诙谐。而《红楼梦》的语言，在我们看来则清新自然，含蓄淡雅，简洁洗练，鲜活生动，使该书堪称一部语言艺术的大百科全书。曹雪芹以脂砚斋所谓的"追魂摄魄"之笔，细腻地表现出特定时代的历史文化细节和氛围，刻画出鲜明而独特的人物形象，揭示出深刻而独到的社会人生主题，让人如睹其况，如闻其声，如见其人。而这一语言特色的实现，与曹雪芹本人对语言艺术的主动追求息息相关。他对语言的苦心锤炼、完美追求体现在很多方面，其中之一就是对修辞造词的大量沿用、借用、新用。在对《红楼梦》修辞造词概貌梳理和分析的基础上（本书第二章），可以清晰地归纳出《红楼梦》修辞造词的特色。

---

① 〔明〕罗贯中：《三国志通俗演义》，人民文学出版社1974年版，第20页。

第一节 《红楼梦》修辞造词的多样性

一、语体的多样性

我国的传统小说，以语言为标杆，基本上可以分为两大系统：一类是文言的，另一类是白话的。到清代，它们在语言艺术上都达到了最高峰。前者以蒲松龄的《聊斋志异》为标志，后者以曹雪芹的《红楼梦》为标志。

乾隆时期问世的《红楼梦》，忠实地记录了当时的通语，提炼了活在人民群众口头的俚语、俗语，又广泛吸收了方言词语、外来词语和文言词语等。这些词语汇合在一起，形成了既具民族共性又具曹雪芹个性的《红楼梦》词汇。

《红楼梦》词汇语体风格多样性的特点，同样可以从其中的修辞造词上表现出来：

1.标准的"官话"词汇

虽然由原来"锦衣纨绔"的贵族生活沦落到后来"蓬牖绳枢"的落魄境地，但曹雪芹毕竟出身于"诗礼簪缨之族"，因此，《红楼梦》里的语言文字，最多的还是以北京话为基础的"官话"（18世纪通行于汉族社会，后来发展为汉语普通话）词汇。《红楼梦》在成书以后很长时间都被当作学习官话的教科书，原因就在于此。这部分词语是《红楼梦》语言的主体，随处可见，不必一一列举。

2. 通俗的口语词汇

曹雪芹同时吸收了朴素自然、淳朴率真的民间口语词汇，将它们收集整理，提炼加工，然后大量地运用于《红楼梦》中。其中最突出的是对民间俗语的运用。

粗略地统计一下，《红楼梦》中的俗语就有200多条。这些民间俗语，内容丰富，形式简练，哲理深刻。因为在长期的口头流传过程中，经过了千百万人的推敲和锤炼，民间俗语包含了劳动人民的智慧，常常借助生动具体的形象来表达深奥抽象的生活哲理。一般来说，以此物比彼物、以具体喻抽象的比喻手法在俗语的产生中最为常见。曹雪芹把它们收集、整理出来，大量地运用于小说的创作中。如在第69回，曹雪芹不直说尤二姐在失势病倒时连丫鬟们也欺负她，而只借袭人之口说"墙倒众人推"；在第9回，不说贾府的私塾里什么品质的子弟都有，而说"龙生九种"；在第27回，说宝钗担心红玉、坠儿一旦被揭了丑，就会"狗急跳墙"——不顾一切地行动；在第82回，说袭人因想到晴雯的死而感到悲伤是"兔死狐悲"；此外，还有"耳旁风""远水解不了近渴""树倒猢狲散""过河拆桥""借刀杀人""坐山观虎斗""百足之虫，死而不僵"等。这些俗语，常以形式的规整（如"三天打鱼，两天晒网"），音韵的和谐（如"拼的一身剐，敢把皇帝拉下马"），朗朗上口，便于记忆。再因为它形式的灵活（例如"远水解不了近渴"也可作"远水救不了近火"，"龙生九子"也可作"龙生九种"），哲理的深刻，表意的形象，一经出现在《红楼梦》中便为各阶层的读者所喜闻乐见。

3. 雅致的文言词汇

在语言的运用上，曹雪芹既发展了话本小说通俗的白话传统，又继承了传奇小说文雅的文言风格，把二者有机地糅合起来，从而使《红楼梦》的语言既通俗易懂又简练雅致。

在《红楼梦》中，夹杂着文言词语的地方，通常都有特殊需要。

例如为了人物形象的塑造，第17回写贾政不说自己事情多，而代之以"案牍劳烦"；训斥宝玉见识短浅，说他是"管窥蠡测"；第37回写李纨张罗组织诗社，末了对大家说"若不依我，我也不敢附骥了"；第9回写对宝玉上学，黛玉讥讽说："好，这一去，可是要'蟾宫折桂'了。"等等。同样是对话中夹杂着文言词语，贾政掉文显示了其性格的迂腐、古板，与其"自幼喜好读书"又身任员外郎的身份相符；李纨掉文显示了其贤淑温婉的性格，也与其苦守空房一心只想望子成龙的慈母形象相衬；黛玉掉文则表现了柔弱美丽的外表下聪明伶俐、能言善辩的另一面，与其出身书香门第、学识丰富的大家闺秀身份相符合。

小说常在通俗的语言中巧妙地夹杂少量的文言成分，但这些文言的词语通常词义浅近，所以不但不妨碍白话的圆转流利，反而因为文言的简练深刻，更增加了小说的丰富性、多样性和生动性。

4. 个性的方言词汇

《红楼梦》形成了高度成熟、完美的文学语言，但它的构成，却并不是十分纯净的北京话。

幼年的曹雪芹曾生活在南方的南京、扬州一带，因此《红楼梦》里时时可以读到吴方言的词语。例如：

（1）"谁不背地里嚼舌，说咱们这边混账。（《红楼梦》第63回）

（2）很会嚼舌头的猴儿崽子。（《红楼梦》第63回）

（3）如今里外上下，背地里嚼说我的不少了。（《红楼梦》第72回）

（4）倒不是白嚼蛆，我倒是一片真心为姑娘。（《红楼梦》第57回）

这一组以"嚼"为中心语素的词语："嚼舌""嚼舌头""嚼说""嚼蛆"，词义相同，都是"磨牙、搬弄是非"的意思。它们本来是吴语中所特有的。后来因为其形象生动的表达效果，又为北京话和其他方言所缺乏，其中的"嚼舌（头）"被吸收进入今天的普通话词汇。

此外，在《红楼梦》中像代称妾的"屋里人"、用来比喻蠢大难置之物的"狼犺"、代称衣食等生活费用的"嚼用"、骂人睡觉的"挺尸"、作为酒的代称的"黄汤"（骂人喝酒时使用）等，这些今天普通话里的词语最初也都来自吴语。

当然还有来自晋方言、中原官话等的方言词。因为数量有限，在这里就不一一列举。

需要说明的是，《红楼梦》中的语言，以北京官话为基础，的确吸收了一些方言的成分、文言的成分、口语的成分等，这一点从以往学者对《红楼梦》中大量语音、词语和表述方式的研究中已得到确证。但是这些成分到了曹雪芹手里，很大一部分都经过了精心选择和锤炼、加工，比如其中的方言词，就和同时代的《儒林外史》吸收时总尽力保持其浓烈的乡土色彩、原生态特征大不同。因此，时隔200多年后的今天并不易一一从中剔除。尤其对那些曾经为方言词汇，现今已被普通话词汇收录的修辞造词的辨别更是难上加难。但我们仍试图通过这有限的例词来揭示《红楼梦》修辞造词在语体风格上的多样性。

二、内容的多样性

曹雪芹熟悉全民语言中三教九流的各个支派和变体，除了封建贵族的语言风尚，还有村夫野老的俚语土话、和尚道士的宗教用语、科学技术的专门术语、绘画戏曲的艺术用语等。可谓：谈医学，谈烹调，谈针黹，谈星相，如数家珍；饮食文化、服饰文化、民俗文化、戏曲文化、建筑文化，顺手拈来。

在这些凝结着中华传统文化、折射着曹雪芹丰富文化修养的词语中，修辞造词必定只占其中很少的比例。但我们仍可以从其中最突出的几个方面窥见《红楼梦》词汇所涵盖的丰富的文化内容。

1. 服饰文化

在对《红楼梦》人物的服饰描写中，大量以比喻手法创制的色彩词的使用造成了《红楼梦》语言花团锦簇、活色生香的效果。如在第35回写宝玉央求莺儿给自己的汗巾打络子，二人关于汗巾和络子颜色搭配的对话中，就先后用到了"大红""石青""桃红""葱绿""柳黄""松花色"等颜色词。此外，王熙凤的"豆绿"宫绦裙子，宝玉的"银红"撒花半旧大袄，薛宝钗的"玫瑰紫"银鼠比肩褂、"葱黄"绫棉裙，紫鹃的"月白"缎子袄儿，蒋玉函的"猩红"汗巾等，都随着栩栩如生的人物形象一起清晰地永驻于读者的脑海。

此外，在人物的穿着和家居的摆设中，大量使用以借代手法创制的词语，同样造成了《红楼梦》场景、人物和画面的栩栩如生。如黛玉的银鼠"坎肩"、凤姐的青缎"披风"、贾母倚的"靠背"、宝钗蒙的"盖头"、丫鬟执的"拂尘"、赵嬷嬷坐的"脚踏"等。

2. 礼仪文化

中华民族重视礼仪，表现之一就是对称谓的重视。《红楼梦》中，大量的称谓语的使用是借助委婉的修辞方式创制的，充分折射出汉族对长者、尊者的重视，对自身的谦卑。例如在《红楼梦》中，用于比自己年长的男性的敬称的就有"先生""施主""老爷""大人"等，用于对自己谦称的就有"晚生""小人""后生""不才"等。对方的亲属一律尊称"令尊""令堂""令郎""令亲"等，而自己的亲人谦称"家父""家兄"等。另外还有敬称别人行为的"屈尊""大驾""俯就""拨冗"等。细致的敬谦词语的使用充分体现出曹雪芹对中华礼仪文化的深入了解。

此外，体现中国节气、节日文化的"白露""霜降""小雪""芒种""元宵"等，体现中国建筑文化的"月洞门""偏房""耳房""正室"等，体现中国婚丧文化的"回门""易簧""缟素""傧相""陪客""盖头"等，无不显示出曹雪芹深厚的文化修养。

第二节 《红楼梦》修辞造词的唯美性

中国古代文人写诗作文历来有字斟句酌的传统。杜甫"为人性僻耽佳句，语不惊人死不休"，卢延让"吟安一个字，捻断数茎须"，贾岛"两句三年得，一吟双泪流"。曹雪芹更是"字字看来皆是血，十年辛苦不寻常"。他把自己的满腹才华注入笔端，历尽十年时光，终于写成一部被后人推崇之至的《红楼梦》——"开谈不说《红楼梦》，读尽诗书也枉然"（清代得舆《京都竹枝词》）。在《红楼梦》中，曹氏推敲文字的唯美追求体现在很多方面：有时是一字传情，如"呆霸王调情遭苦打 冷郎君惧祸走他乡"（《红楼梦》第47回）、"俏平儿情掩虾须镯 勇晴雯病补雀金裘"（《红楼梦》第52回）。仅仅几字就勾勒出了众生相：人人不同，各个相异。有时是字字珠玑，如

"一个妄自嗟呀，一个空劳牵挂。一个是水中月，一个是镜中花"（《红楼梦》第5回）。四句话四个词，两两相对，把宝、黛的感情、命运清晰地揭示出来。但其最终的效果不外乎一点：唯美性。写景状物则形象生动，传情达意则声情并茂，不宜直说时能委婉含蓄，需要直言时简洁凝练。下面，我们仅从修辞造词的角度来分析其语言唯美性的具体表现。

一、绘画美

熟悉曹雪芹的脂砚斋说曹氏的创作"全用画家笔意写法""行文如绘""比比如画"[1]。《红楼梦》的语言，往往十几、二三十个字，就栩栩如生地描绘出一幅精美绝伦的图画。随手翻阅，几乎到处都是如此。由此可见，《红楼梦》语言的一个重要特色，就是把绘画艺术的"应物象形"笔法充分运用到语言的创作上，在切合典型环境中的典型人物的前提下，极力从视觉、听觉、触觉、嗅觉、味觉等各个方面使语言呈现出生动、具象的美感，大大加强了语言的形象性和生动性。表现在修辞造词上，就是大量比喻造词、摹绘造词、借代造词的使用。

1. 比喻造词

比喻造词是汉语词汇中形象色彩最浓厚的一类。曹雪芹在《红楼梦》中就用到277个。《红楼梦》中有大量以客观事物

---

[1] ［清］曹雪芹著，脂砚斋批评，王丽文校点：《脂砚斋批评本红楼梦》，岳麓书社2006年版，第247页。

为认知参照物创制的色彩词（如"桃红""雪白""葱绿""漆黑""玫瑰紫"等）和以动物为认知参照物创制的动物词（如"水蛇腰""马脚""中山狼"等），它们大多是名词性的。造词的理据就是以常见的具体的事物来打比方，以求获得对不太常见的或抽象的事物的认知。如以小鹅的绒毛那样的颜色表示嫩黄（即"鹅黄"），以水蛇的形体来比喻女子纤细柔韧的腰肢（即"水蛇腰"）等，这样的比喻造词能带来强烈的画面感和形象冲击力。下面我们来看一下《红楼梦》中很多动词性的比喻造词的生动形象美。这一类词在《红楼梦》中总共有90个。主要可以分为以下几类。

或以动物喻指人的动作，如：蜂拥、狐疑、猬集、鼠窜、虎视眈眈等。

或以事物喻指状态，如：森列、壁立、洞开、辐辏、鼎沸、风流云散等。

或以具体喻抽象事理，如：吃醋、针砭、碰钉子、顺水行舟、火上浇油、坐山观虎斗、一个巴掌拍不响等。

从《红楼梦》中，我们可以清晰地看到：不管是指称人的动作、描摹事物的状态，还是表达抽象的生活事理，曹雪芹都大量选择了简洁、生动的动词性比喻造词。结果常常是：短短一词，寥寥数语，就将原本抽象的情状描摹得形象具体，将原本深奥的道理解说得生动明了。

例如第9回，大观园里不同主子的仆人们打了起来。那场面到底如何？曹雪芹在这里没有细致描写，而只用了短短一句话："登时间鼎沸起来。"其中的"鼎沸"一词，仅有两字，但场面的喧闹、混乱，在霎时间达到顶峰，就像水在锅里瞬间沸腾起来一样——这样栩栩如生的画面借助着水沸的生动形象现于读者的眼前，使读者如临其境。读者可以想见：对这些深谙察言观色的下人来说，此时必定各怀鬼胎。有煽风点火的，有坐山观虎斗的，有身体力行的。按照艺术审美的理论，"鼎沸"一词在激活了读者头脑中已有的生活经验，给读者生动的画面感的同时，也给读者留下了无限广阔的审美创造的空间。

再例如第13回，写秦可卿临死前托梦给王熙凤，说"如今我们家赫赫扬扬，已将百载，一日倘或乐极悲生，若应了那句'树倒猢狲散'的俗语，岂不虚称了一世的诗书旧族了"。整部《红楼梦》记录的就是封建大家族的覆灭历程：是从兴盛到衰微再到破败的抽象过程，也是从"锦衣纨绔"到"忽喇喇似大厦倾，昏惨惨似灯将尽"又到"树倒猢狲散"的可视可睹过程。一个"树倒猢狲散"把贾家为首的人垮下来，其余人无所依附后随之散开的悲凉场景活画了出来，也把世间人情冷暖、世态炎凉的道理生动地阐释出来。

造词的材料有具体和抽象之分（如"碰钉子"和"受挫"），但不管是哪一种，在听读者理解词义的时候都要回归到现实世界中的具体事物、事理之上。比喻造词的特征在于用具象性的造词材料唤起听读者头脑中已有的表象，在读者眼前再现出相应的具体画面（这种画面可能是作者之前描绘过的，也可能是读者生活经验中已有的），从而达到以此认彼的作用。

2. 借代造词

不直说人或事物的本来名称，而借用和它密切相关的人或事物的名称去代替，这样的表达方式叫借代。当借体和被借代对象之间的借代关系由临时而转变为固定时，借代造词就产生了。从认知语言学的角度，显著度高的事物（通常是形象生动、易于感知的事物）常常被选择来作借体，因为许多时候，形象的表达是词语清楚指明对象的极其重要的手段。因此，借代造词能在表达概念义以外包含着具体可感的形象色彩。

有鲜明的形象色彩的借代造词，在《红楼梦》中被运用于事物的指称，使熟悉的事物清晰化，使抽象的事物具象化。例如第68回写凤姐身上月白缎袄，青缎"披风"。"披风"又称斗篷，是披在肩上的没有袖子的外衣。用事物最突出的特征（与一般衣服最大的不同在于"披"在身上用来"挡风"）代称事物，在指称事物的同时向听读者传达出生动的画面感。在《红楼梦》中，有大量像"披风"这样形象色彩浓厚的借代造词被用于服饰器物的指称，如"坎肩""靠背""拂尘""铺盖"等。正因为它们强烈地诉诸人的视觉，使读者纵然与作者的时代相隔遥远，依然如临其境，如睹其物。在印象深刻地感知事物的同时，读者也印象深刻地感知环境，感知人物。再比如第22回"五祖便将衣钵传他"。佛教中师父传授给徒弟的不止有袈裟和钵，还有更重要的思想、学术和技能等。以具体的"衣钵"代称安身立命之物，使抽象的概念形象化。

有鲜明的形象色彩的借代造词，在《红楼梦》中被运用于抽象的事理的解说，同样能使深奥的哲理浅显化、通俗化、生动化。例如第77回，写宝玉平常不许下人说不利之言，此时却说晴雯一去凶多吉少，袭人抱怨宝玉不许别人做的事情自己却去做。"不许别人做的事情自己却去做",这是常见的生活现象。曹雪芹要阐释这一事理的时候没有用深奥的语言,而只借袭人之口,用了"只许州官放火,不许百姓点灯"一语,以具体的情节代替抽象的感叹,形象生动地阐释了作者对生活的感悟。

3. 摹绘造词

摹绘造词是通过对客观事物的颜色、声音、味道、性状、情态等方面的摹写描绘而创制新词的方法。它在标记事物的某个方面的同时也包含着造词主体对说写对象形象性的强烈追求。换句话说,摹绘造词在表达理性概念义的同时也传达着视觉或听觉、嗅觉、味觉方面的某种形象性。在《红楼梦》语言中到处映射着的绘画美,很大一部分就是由其中数量庞大的摹绘造词来传递的。

关于不同语义类型的摹绘造词的形象性在本书第二章已详细论述。下面仅以《红楼梦》中的三个具体例词来简单分析摹绘造词的形象性在直观展现事物、立体塑造人物形象、具象化表现思想主题方面的独特魅力。

在第33回,写贾政因宝玉受了人的羞辱之后,又听了贾环对宝玉的谗言,"喘吁吁直挺挺坐在椅子上"。曹雪芹没有正面地表述贾政的情绪,但仅仅用这两个摹绘人物情态的词语就活生生地把贾政内心情绪的气、急、恨表露无疑。因为按照生活的经验,喘气急促、身体僵硬正是人内在情绪极度剧烈(因为着急或生气)的外在身体特征。通过视觉、听觉形象的呈现而使读者生动地感知人物的抽象内心,这正是摹绘造词的表达效果。而读者也因这样的画面对人物性格有了更深层次的认识。

可见，摹绘造词在生动地展现人物情态的同时也兼及了对人物形象的直观塑造。

在小说中，写到贾家的颓败衰亡的时候，曹雪芹用一个充满画面感的比喻造词"树倒猢狲散"一言以蔽之；而在写到与此形成鲜明对比的贾家曾经的富贵不可一世时，曹雪芹用了一个形象性很强的摹绘造词"赫赫扬扬"来概括。可以说，正是两个词语各自传达的鲜明的画面的先后链接，如同电影表现技巧中的蒙太奇一样，在某种程度上帮助揭示了封建大家族逐渐走向覆灭的主题，是抽象主题的具象化图解。

总而言之，很大程度上，正是因为在《红楼梦》中曹雪芹将大量极富画面感和形象性的比喻造词、借代造词、摹绘造词应用于事物的指称，人物动作、情态等的描绘，抽象事理的揭示，化无形于有形，使我们穿行在字里行间却犹如置身于一幅幅生动美丽的画面中，享受着如同绘画审美一样的精神愉悦。

二、音乐美

语音与修辞之间存在着密切的关系。语音是修辞的材料，而修辞则是运用语音（不仅仅包括语音）的手段和方法。《红楼梦》的修辞手法是构成其语言艺术特色的重要方面。其中对语音修辞手段的运用更是可圈可点。具体地说，在《红楼梦》中，除去选词炼句时对汉语整齐音节、抑扬声调、顿挫平仄等语音手段的有效利用，曹雪芹还大量采用了以语音摹拟和音节复叠为造词手段的修辞造词，形成了《红楼梦》语言生动、形象、整饬的音乐美。这些极富表现力的语音手段使整部《红楼梦》声情并茂，折射出巨大的艺术魅力。《红楼梦》的音乐美主要表现在以下两个方面。

（一）摹声造词的大量运用

《红楼梦》中双音节及以上的摹声词就有31个，而且语音的构成形式也极其丰富。其中AB式最多，如"咕哝""唧咕""哎哟""丁当""呜呼""咕咚""扑哧""哎呀""扑棱"等；此外，还有AA式，如"呵呵""叨叨""唧唧"等；ABB式，如"忽喇喇""笑嘻嘻"等；AABB式，如"嘻嘻哈哈"；A里AB式，如"稀里哗啦"。如果再算上那些单音节的（如"邦""嘎""当"等）以及存在于《红楼梦》而今因各种原因未被《现代汉语词典》（第7版）收录的摹声词（如"吱喽""忔楞楞""咯吱咯喳""淅淅沥沥"等），就更多了，总共有79个，出现过184次。

声音过耳不留，难以捕捉。但在《红楼梦》中，曹雪芹却根据自己对生活的敏锐观察，运用大量摹声词，准确而生动地描绘出各种音响，把客观世界里本来难以用语言文字转述的各种场景、情态、动作、形象等，绘声绘色、栩栩如生地再现于读者眼前，使读者如闻其声、如见其景、如睹其状，形成极强的听觉冲击力和艺术感染力。主要手段有：

1.借助摹声词摹声状物

所谓摹声状物，就是通过生动逼真地模拟自然界的各种声音以及人发出的各种声响，在传声的同时也将声音主体的形象传递给读者，来达到再现曾经发生的情态、场景的作用。大自然的事物千姿百态，发出的音响各有不同。模拟音响，能增强语言的直观性、形象性和生动性，能使读者有身临其境、栩栩如生的感觉。例如：

（1）于是二人别了惜春，离了蓼风轩，弯弯曲曲，走近潇湘馆，忽听得叮咚之声。（《红楼梦》第87回）

（2）正要朦胧睡去，听得竹枝上不知有多少家雀儿的声儿，啾啾唧唧，叫个不住。（《红楼梦》第82回）

（3）引的游鱼浮上来唼喋。（《红楼梦》第38回）

例（1）用"叮咚"之声来模拟秋凉夜深中的琴声，例（2）用"啾啾唧唧"模拟家雀叫的声音，（3）用"唼喋"来模拟成群的鱼儿争吃食物的声音。此外，《红楼梦》中还有"叮当"的手镯玉佩声、"飕飕"的风声、竹子桥的"咯吱"声等。绘声绘色的声音描摹，除了引发读者直观的听觉形象，也把音响主体的视觉形象、周围的景物、当时的环境氛围尽现于读者的眼前，使读者如临其境，很容易感受到作者想要传达的意境和感情。

2. 借助摹声词传情达意

一部成功的小说一定离不开鲜明的人物形象的塑造。因为人物形象背后承载着创作者所要表达的思想感情、所要反映的思想主题。其他的一切形式都是为这样的题旨服务的。摹声词的运用也不例外。描摹不同人物形象的腔调、动作的声音，是塑造人物形象的有机组成部分。例如：

（1）说了，只觉那女孩儿不答。刘姥姥便赶来拉他的手，"咕咚"一声，便撞到板壁上。（《红楼梦》第41回）

（2）他们必定把一句话拉长了作两三截儿，咬文咬字，拿着腔儿，哼哼唧唧的，急的我冒火，他们那里知道！（《红楼梦》第27回）

（3）刚说到这句话，只见秋纹、碧痕嘻嘻哈哈的说笑着进来。（《红楼梦》第24回）

例（1）用"咕咚"描摹刘姥姥的头撞击板壁的声音，很容易让人迅速地与头脑中已有的性格粗俗、作风莽撞、出身卑微的下层农民的形象联系起来，为下文刘姥姥呆憨、装疯卖傻的行为做了铺垫。例（2）用凤姐的口说出对丫鬟们的评价，其中的"哼哼唧唧"在传神地传达出丫鬟们不伶俐、不干脆的说话风格之外，还从另一个侧面衬托出凤姐泼辣、干练的性格。《红楼梦》中人物形象众多，但每一个都鲜明突出，不千人一面。大大小小的丫鬟们也是如此。凤姐手下的丫鬟行为小心翼翼，说话都"哼哼唧唧"，唯恐失言，招致灾祸。而相比之下，多情公子宝玉手下的丫鬟们则要大胆得多，例（3）用"嘻嘻哈哈"来描摹秋纹、碧痕"放肆"的笑声，一方面衬托了主子的平等待人，另一方面也与例（2）中凤姐手下丫鬟的形象形成鲜明的对比。

由此可见，《红楼梦》中大量摹声词的运用，不仅为一个个人物形象贴上了鲜明生动的标签，刻画出形形色色的人物肖像，如泼辣厉害的凤姐、或谨小慎微或肆无忌惮的丫鬟、怜香惜玉的宝玉等，而且暗示了人物性格、铺垫了故事情节，使作品声情并茂、情趣盎然，为作品主题的表现铺平了道路。

（二）复叠造词的大量运用

第二章第三节已论述过摹声造词（是摹绘造词的一个小类）与复叠造词的关系：摹声造词是人类语言发展过程中最初的一种造词方式。从最初的简单摹声到后来有意识地以一种具体的形式——主要是重言（现代汉语多称其为复叠）——广泛地造词，应该说，复叠造词中的确有一部分是与摹声造词交叉的。如："呵呵""叨叨""叽叽喳喳""忽喇喇""念念有词"等。二者的相同之处在于重言的形式。但二者本质是不同的：复叠造词的焦点是在形式上两个相同单音节词素的连用，而摹绘造词的关键是在内容上对客观世界各种音响的描摹。只不过，摹声的手法之一是两个单音节的重叠，或者说，音节的重叠有时候是摹声的手段之一。而对那些不借助音节重叠作为造词手段的摹声造词来说，则不存在与复叠造词的交叉现象。如《红楼梦》中的"咯噔""噗哧""淅沥""呜呼""长吁短叹"等。

复叠造词的一部分与摹声造词重叠，因此，摹声造词能带来的修辞效果上的写景状物、传情达意的功效，这部分复叠造词也有。我们不再赘述。对复叠造词中另外那些不与摹声造词重叠的部分，我们认为其修辞作用主要在于使音韵和谐。在《红楼梦》中，音韵的和谐，曹雪芹主要是依靠复叠造词以下方式的运用来实现的：

1.叠音词的连用

（1）原来这梨香院即当日荣公暮年养静之所，小小巧

巧，约有十余间房屋，前厅后舍俱全。（《红楼梦》第4回）

（2）那贾政喘吁吁直挺挺坐在椅子上，满面泪痕。
（《红楼梦》第33回）

（3）宝玉此时与宝钗就近，只闻一阵阵凉森森甜丝
丝的幽香，竟不知系何香气。（《红楼梦》第8回）

三个例句中加点词都是叠音词的连用，只不过叠音的语音形式
不同，例（1）是AA式的连用，例（2）是两个ABB式的连用，
例（3）是三个ABB式的连用。前面说过，从语义上来说，形
容词或量词的复叠都会造成程度或数量的增加，由重叠前表性
质转为重叠后表性状、情态，以上的叠音词也不例外。即有从
事物的多个方面细致写景状物、强烈表情达意的作用。除此之
外，叠音的最突出功效其实是造成整齐的音节，它们与上下文
的非复叠音节紧密配合，使《红楼梦》的语言到处显示着错落
有致、抑扬起伏、节奏鲜明的乐感。

2. 叠音词的上下句对偶

（1）泪光点点，娇喘微微。（《红楼梦》第3回）

（2）忽喇喇似大厦倾，昏惨惨似灯将尽。（《红楼
梦》第5回）

（3）盈盈烛泪因谁泣，点点花愁为我嗔。（《红楼
梦》第23回）

对偶句重在上下句中相应位置语词从形式到内容的呼应，在《红

楼梦》中大量的诗词中都出现了叠音词在上下句中的对称。一方面，从语义上，它们或形成两事物的对比，或形成一事物两方面的相辅相成，更充分地渲染了情状、氛围；另一方面，从语音上，它们通过形式上的呼应，造成了整齐、均衡的音乐美。

三、典雅美

写诗作文崇尚"雅"的艺术境界，自古以来就是中国文学的传统和民族特色。南宋的理学家朱熹这样说"雅"："其语和而庄，其义宽而密，其作者往往是圣人之徒。"①北宋的著名诗人梅尧臣认为"雅"就是"状难写之景于目前，含不尽之意于言外"②。那么，到底什么是雅呢？用今天的话说，"雅"即"典雅"，就是优美而不粗俗，含蓄而不直白。南朝梁刘勰把"典雅"放在八体之首。他说："典雅者，镕式经诰，方轨儒门者也。"把典雅的语言风格与儒雅的君子、儒家之道联系起来。既然如此，描写昌明隆盛之邦、书写钟鸣鼎食之家，自己又出身于"诗书簪缨之族"的曹雪芹小说语言中处处洋溢出典雅之美也就不足为奇了。

对于《红楼梦》的典雅美，前人也多有评论。"乾隆时，小说盛行。其言之雅驯者……莫如曹雪芹之《红楼梦》。"③"《红楼

---

① 〔南宋〕朱熹集注：《诗集传》，上海古籍出版社1958年版，第2页。

② 〔北宋〕欧阳修撰：《六一诗话》，中华书局2014年版，第42页。

③ 一粟编：《红楼梦资料汇编》，中华书局1964年版，第426页。

梦》笔墨娴雅。"①等。

《红楼梦》的修辞造词充分体现出曹雪芹对这种典雅境界的执着追求。表现在：

1. 对口语词、俗语词的锤炼加工

曹雪芹熟悉全民语言中三教九流的各个支派和变体，包括村夫野老的俚语土话、和尚道士的宗教用语。他把这些朴素自然、淳朴率真的民间口语加以收集、整理，把市井之杂谈，闺房之碎语润色、加工，把"亵嫚之词，淘汰至尽"②，使得生活语言精粹化、雅致化，使得整部《红楼梦》的语言含蓄蕴藉、清丽雅致。借用小说第42回里宝钗的话说，"他用《春秋》的法子，将市俗的粗话撮其要，删其繁，再加润色比方出来，一句是一句"。例如："咱们倒是一家子亲骨肉呢，一个个不像乌眼鸡，恨不得你吃了我，我吃了你。"（《红楼梦》第75回）生活中不乏针锋相对、你死我活的对头。生活中也不乏本是亲骨肉，却为了利益你争我斗的现象。把这样的人比作"乌眼鸡"，不斗到两眼乌黑、两败俱伤绝不罢休。用大众化的口语，老百姓熟悉的事物打比方，表达的却是放之四海而皆准的生活哲理。像这样的口语词，在《红楼梦》中还有很多。比如把旧事称作"陈谷子烂芝麻"，把长远的办法不能满足当前的需求称作"远水救不得近渴"，把矛盾不是一个人引起的称作"一个巴掌

---

① 〔清〕陈康祺著，晋石点校：《郎潜纪闻初笔　二笔　三笔》下，中华书局1984年版，第405页。

② 冯其庸纂校订定：《重校〈八家评批红楼梦〉》，江西教育出版社2000年版，第35页。

拍不响"等。这正是曹雪芹的小说本是阳春白雪，却连下里巴人也喜闻乐见的重要原因。

2. 对浅近文言词语的适度运用

白话而夹杂以文言，是《红楼梦》语言形式的基本特点，也是其语言雅致美的重要原因之一。

我国历史上语言发展的一个重要特征是口语与书面语曾一度脱节。汉以后"文""言"合一的趋势越来越明显。特别是元明时代的小说已然进入俗语入文的时代。但像曹雪芹这样如此巧妙、自然地在白话中糅合进文言的却是少之又少。比如第1回写甄士隐在中秋之夜想邀请贾雨村到自己家里喝酒，问的是"不知可纳芹意否？"不用口语中常见的"好意"，而代之以典雅的"芹意"。在这里，作者将文言词语夹杂在口语的人物对话中，旨在凸显甄士隐以书为高、崇尚读书之人的形象。第37回写蘅芜苑夜拟菊花题，宝钗说史湘云"况且你就都拿出来，做这个东道也是不够"。不用口语化的"主人"，而说"东道"，与薛宝钗知书达理、有很高文化修养的大家闺秀身份相符合。

可以说，正是曹雪芹在词语的使用上亦文亦白，亦俗亦雅，使他的作品"上至硕儒，不敢加以鄙词，下至负贩，亦不嫌其过高"[1]。

3. 对典雅语词的使用

某些有特定表达效果的语词的大量运用，是《红楼梦》语言典雅美的一个重要表现方式。

---

[1] 一粟编：《红楼梦资料汇编》，中华书局1964年版，第627页。

典雅的内涵，一是含蓄蕴藉，一是清丽雅致。

基于委婉含蓄的目的而产生的委婉造词和一部分借代造词、从古代诗文中的故事或词句归纳概括而来的用典造词，这些类型词的运用常常可以造成含蓄蕴藉的语言效果。而富有形象感的摹绘造词、比喻造词等的运用，则常常带来语言清丽雅致的艺术风格。表现在《红楼梦》中，具体地说：

（1）在人物描写中，典雅词的运用与人物儒雅的身份相符。

曹雪芹用他的生花妙笔为读者描绘了一幅18世纪封建社会上层贵族的奢华生活画卷。里面最多的是雅人雅事。把雅的人写得清丽脱俗，把雅的事情写得如诗如画，是曹雪芹语言典雅美的一个重要方面。

如第26回写潇湘馆门前"凤尾森森，龙吟细细"。以"凤尾"代称竹子，以"森森"摹写竹林茂盛繁密，以"龙吟"代称箫笛等管乐，以"细细"描摹风吹竹林的响声，不仅与小说中黛玉出尘脱俗的气质、出身书香门第的身份相辅相成，而且营造出清静优雅的环境氛围。除此之外，绿窗油壁的蘅芜苑、古拙质朴的稻香村、精巧别致的沁芳桥等场景的描述也无不在词语的连接中传递出曹雪芹对"雅"的孜孜追求。

然而，小说毕竟要反映广阔的社会现实，不管在大观园以内还是以外的世界里，都还存在着大量的俗人俗事。《红楼梦》的语言含蓄雅致，很重要的一点就在于作者虽然站在现实之中来揭露美丑，但并不是就雅写雅，就俗写俗，而是写雅时力避伤雅，写俗时注意化俗为雅。这就是为什么《红楼梦》中不避俗陋不堪之人、俗陋不堪之事，但整个作品的艺术格调依然不失其"雅",总能使人感到优美,感到处处充满着诗情画意的主要原因。

例如男女交欢之事,历来为中国人讳莫如深。《红楼梦》中先后用到的相关委婉词就有"同房""交欢""房事""床帏之事"等好多个,显得含蓄委婉,避免了读写双方的尴尬之情。同以委婉含蓄为追求目标,但在第6回写到宝玉时,作者写道:"宝玉亦素喜袭人柔媚娇俏,遂强袭人同领警幻所训云雨之事。"以"云雨之事"替代男女交合,不仅化俗为雅,含蓄委婉,而且引用典故而来的"云雨"一词显得格外雅致,符合宝玉青春贵公子的人物身份。诸如此类,《红楼梦》中还有很多。比如把上厕所称作"解手",把流产称作"小月",把挪移尸体称作"易箦"等。

(2)在叙事的句子中,典雅词语的运用或营造出清淡优雅的氛围,或传达出作者含蓄蕴藉的情感。

在小说中,环境的描写充分地表现出曹雪芹在审美观念上对清丽脱俗的自然美和含蓄蕴藉的意境美的崇尚。如在第76回写贾母等人中秋赏月的景象,"只听桂花阴里,呜呜咽咽,袅袅悠悠,又发出一缕笛音来,果真比先越发凄凉"。笛声的"呜呜咽咽""袅袅悠悠"在偌大的大观园中飘荡,在读者眼前描画出一幅清幽凄凉的月夜图画,同时也暗含着作者对贾府日渐衰败的生活实际的含蓄隐喻。

再如,第33回写贾环在父亲面前毁谤哥哥,曹雪芹在回目中只用了简单的八个字"手足眈眈小动唇舌"来概括。"手足"比喻贾环、宝玉的兄弟之情,"眈眈"模拟出贾环仇视宝玉之状，"唇舌"暗指贾环通过口舌生的是非。通句不过八个字，言简意赅，但在简洁地阐明了事件的要旨的同时也含蓄、不过露地传达了作者对人物的好恶评价。直白浅露，通俗生硬，也是不雅。《红楼梦》的语言恰恰避免了这一点，如前人所说："将笔墨放平，不肯作过高之语。"①因而蕴藉含蓄，恬淡自然。

（3）在诗词歌赋的创作中，典雅词语的运用营造出诗情画意的诗境。

曹雪芹工诗善画，张宜泉的《春柳堂诗稿·伤芹溪居士》说他："门外山川供绘画，堂前花鸟入吟讴。"②曹雪芹凭借诗画方面的才能，既不简单地把诗词图解化，也不直接地把画面搬入诗词，而是将二者融会贯通，化无情为有情，化无形为有形，在《红楼梦》中创造了一种富有诗情画意的语言艺术境界。

如第26回写黛玉黄昏后去怡红院探望宝玉，恰逢丫鬟们拌了嘴拿人撒气，不给人开门。黛玉误以为宝玉生她的气，就呜呜咽咽地悲泣起来。曹雪芹写道："花魂默默无情绪，鸟梦痴痴何处惊。"将模拟人情绪的"默默""痴痴"移用于无生命的"花"、无情感的"鸟"身上，仿佛花儿动情，鸟儿有感，同与多愁善感的林黛玉同悲戚共伤感。作者用浓烈的情感、跃动的画面，营造出一种诗情画意的凄婉意境。

① 《古典文学研究资料汇编·红楼梦卷》第二册，中华书局1963年版，第568页。

② 一粟编：《红楼梦资料汇编》，中华书局1964年版，第8页。

第四章

《红楼梦》修辞造词所体现的一般规律

修辞造词是修辞现象在词汇系统中固化的结果，这是《红楼梦》修辞造词所体现出的一般规律。

在语言中，修辞现象与词汇现象是两个不同的层面。词汇现象由语言中的词和相当于词的固定短语组成，它是语言的建筑材料，是语言交际的备用单位，是常规的、静态的；修辞现象由修辞行为、修辞文本和修辞效果有机地结合在一起，包括选词、炼句、辞格、语体、风格等，它研究如何通过对语言材料的突破和非常规运用以达到最佳的交际效果，是变异的、动态的。但是，修辞现象与词汇现象又密切相关。在一定条件下，修辞现象中以辞格构成的词语能够逐渐脱离语境的制约，转化为词汇现象，成为新词语产生的一种重要途径。以"裙钗"一词为例。下身着裙、发上别钗是古代妇女典型的外部特征或标志，明代吴承恩的小说《西游记》中就有"圣僧歇马在山岩，忽见裙钗女近前"的句子。汤显祖的《牡丹亭》也有"你道为什么流动了女裙钗"（《牡丹亭》第23出）。久而久之，以"裙钗"代指妇女，就成了人们经常使用、也为大多数人所认同的语言表达模式。"说处裙钗添喜色，话时男子减精神"

（《喻世明言》第28卷），"丈夫不及裙钗节，自顾须眉亦汗颜"（《三国演义》第107回），还有"何我堂堂须眉，诚不若彼裙钗哉"（《红楼梦》第1回）等，"裙钗"逐渐由临时的、个性的、偶发的修辞现象转化为词义稳定、词形固定、大众普遍认可的新词。再比如"火上浇油"一词。最初的时候，"火上浇油"只是喻义为"使事态更加严重"的若干比喻修辞文本中的一个，如："那罗刹听见孙悟空三字，便似撮盐入火，火上浇油"（《西游记》第59回）；"正是炉中添炭，火上浇油"（《水浒传》第63回）。或者为明喻的喻体，或者为暗喻的喻体。最初的时候，"火上浇油"跟"撮盐入火""炉中添炭"一样只是比喻修辞方式中一个普通的喻体（以现象为喻体），逐渐地因为喻义形象生动被广泛认同、效仿使用而慢慢脱离了具体语境的制约，成为稳定地表示"使人更加愤怒或使事态更加严重"的喻义的新词。如："还有东府里你珍哥儿的爷爷，那才是火上浇油的性子。"（《红楼梦》第45回）又如："说的是包揽词讼，所以火上浇油。"（《红楼梦》第105回）

第一节　从具体的修辞格到在词汇系统中的固化是一个过程

原本突破了语言规约的语言变体，即修辞格，在语言交际中得到人们普遍认可后，又以语言规约的形式在词汇系统中得以固定，成为词汇系统中稳定的成员。从个性、偶发到群体、常用，从突破规则到创造规则，修辞方式的固化是一个历时的过程，大约经历三个步骤：

一、高度依赖语境而存在的修辞格

我们使用语言交际，不仅要表达得准确无误、清楚明白，还应该在内容、语境确定的前提下，尽可能以最恰切完美的语言加工形式去获得最佳的表达效果。在长期的语言活动中，人们逐渐积累形成了一些有特定表达效果的语言模式，它们有特定结构、特定功能，符合特定的类聚系统，这就是修辞格。[①]修辞格也称修辞方式、辞格等。例如，"要是他发一点好心，拔一根寒毛比咱们的腰还粗呢"（《红楼梦》第6回），为了突出事物的特征（贾府财力雄厚），揭示事物的本质，故意夸大事实（说人家的"寒毛"比自己的"腰"还粗），这是夸张格；再如"我也暗暗的叫人预备了。就是那件东西不得好木头"（《红楼梦》第11回），为顾念听话者及关涉者的情感，遇到犯忌触讳的话题（如棺材）时，就用模糊的说法（那件东西）曲折地替代，显得委婉含蓄，这是讳饰格；……从1923年唐钺首次提出修辞格的概念起，到今天人们已经总结出一百多种修辞方式。

表达同一思想内容，可有各式各样的修辞方式的选择。选

---

① 吴士文：《修辞新探》，辽宁人民出版社1987年版，第85页。

用什么样的语言材料，采用什么样的修辞方式，达到什么样的表达效果，往往取决于具体的语言环境。语言环境也称语境，一般是指在语言运用中对话语有影响的情景、情况和关系等。构成语境的因素有两方面：一是主观语境因素，它指包括身份、职业、思想修养、处境、心情在内的说写者的自身因素。二是客观语境因素，它是指包括在语言运用过程中的时间、地点、场合、说写对象等在内的动态因素。主观语境因素直接制约着修辞方式的语言风格和语言特色，为修辞方式打上了鲜明的个性化的烙印。例如：

1. 那茗烟去后，宝玉左等也不来，右等也不来，急的热锅上的蚂蚁一般。（《红楼梦》第39回）

2. 急得他（孙悟空）三尸神炸，七窍烟生。（《西游记》第15回）

3. 公子只急得抓耳挠腮。（《儿女英雄传》第23回）

同样表达"着急"的意思，曹雪芹选择了比喻格，重在生动；吴承恩采用了夸张格，意在传神；文康借助了摹绘格，旨在形象。这说明，在本质上，修辞格是个性化表达的产物，不具有大众性、全民性。修辞格的客观语境因素，特别是其中的上下文语境，则决定了该修辞方式的条件性，即依赖具体的语境而存在，一旦脱离该语境就有可能失当甚至荒谬。以以上句子为例，"急得他三尸神炸，七窍烟生"用来描绘急性子的孙悟空是可以的，行为主体换作是温柔的林黛玉就荒谬了；而"抓耳挠腮"不必然是着急的样子，也可以是欢喜而不能自持的情态，而在"急得抓耳挠腮"的语境中其意思才恰当。以上的分析充分说明：修辞方式的本质特征就是个别性、临时性。

二、普遍修辞格文本的存在

社会科学区别于自然科学的特征之一是社会科学没有绝对的对错之分，但就某一问题而言，仍然存在着一个社会普遍认同的观点。修辞方式也不例外。从本质上来说，言语中的修辞方式都是言语行为者个性化表达的体现，同时又是密切依赖具体语境的，因而不具有全民性和稳定性。但是，语言是社会生活的反映，那些最恰切地描摹了生活的修辞格文本，必定因为符合了大多数人的审美而为大众称道、认可和效仿。这就是我们所说的"普遍修辞格文本"。以比喻格为例：

1. 那眼泪就同潮水一样的直流下来。（《老残游记》第4回）

2. 那眼泪早泉涌一般落得满衣襟都是。（《儿女英雄传》第16回）

3. 那眼泪恰似断线之珠，滚将下来。（《红楼梦》第14回）

4. 言毕，泪如雨下。（《三国演义》第55回）

同样是表达泪流的意思，"潮涌""泉涌""断线的珠子""下雨"等都是人们常用的喻体，但比较起来，"眼泪泉涌一般""泪如雨下"（注：不管是喻体，还是修辞格文本都不局限于具体的字眼文字，所论包括意义相似的文字）的比喻更为大众认可和常用，是我们所说的"普遍修辞格文本"。类似的还有：

1. 猝闻这信，真是晴天霹雳。（《孽海花》第17回）

2. 他登时好似从顶门上浇了一桶冰水。（《儿女英雄传》第26回）

3. 宝玉听了，便如头顶上响了一个焦雷一般。（《红楼梦》第57回）

同样是表达突然发生的意外事件给人的打击，在"晴天霹雳""从顶门上浇了一桶冰水""头顶上响了一个焦雷"等常用的夸张修辞文本（同时也是比喻修辞文本）中，相对而言，"晴天霹雳"是大众普遍认同的普遍修辞文本。

有着显著使用者语体风格的个性修辞文本是过渡为大众普遍认同的普遍修辞文本的前提，但是，最终能发展为普遍修辞文本注定只会是个性、偶发的修辞文本中的少部分。至于影响的因素，我们将在本章的第三节论述。

三、由修辞现象向词汇现象的过渡和转化

汉语中存在大量为大众认同、效仿的经典修辞文本。例如，形容人着急时的情态就用"热锅上的蚂蚁一般"，这样的夸张修辞文本我们不仅在《红楼梦》中的第12回和第40回看到，而且在《官场现形记》《儿女英雄传》等多部古代典籍中检索到。再如描写人伤心或着急时泪水直流就用"泪如雨下"，这样的比喻修辞文本，我们不仅在《红楼梦》中检索到六次，而且在《东周列国志》《西游记》《水浒传》《拍案惊奇》等其他七部古代典籍中多次检索到①。这些数据充分说明，至少到目前为止，为大众认可的普遍修辞文本中有很多也并未固化为词汇。但修辞现象向词汇现象固化是一个长期的、历时的过程。如果说个性、偶发的修辞文本是修辞现象固化为词语的前提的话，那么普遍、群发的修辞文本则是修辞现象在词汇库中固化的准备和酝酿。

同一个修辞格，其表层结构（也就是具体的修辞文本）千差万别。正如同以上所看到的那样，某一辞格的具体修辞文本在经历了从个性、偶发到群体、普遍的转变之后，有可能会长期保持这样一种状态，为许多语言使用者效仿运用。其特征常常表现为具体修辞文本的极度相似却又有些微差异，如：

1. 日上三竿，尚相抱未起。（《东周列国志》第13

---

① 本书所有检索均依据"中华经典古籍库"。

回）

2.士隐送雨村去后，回房一觉，直至红日三竿方醒。
（《红楼梦》第1回）

同样是以借代修辞——太阳升起来离地已经有三根竹竿那么
高——来代称人起床晚，《红楼梦》、《聊斋志异》、《好
逑传》、宋谢逸词《蝶恋花》（豆蔻梢头春色浅）等中用的是
"红日三竿"，而《东周列国志》《西游记》等中用的却是"日
上三竿"。

从个性十足、差异较大的个体修辞文本转化为相似性极强
却又有些微差异的普遍修辞文本，是修辞现象向词汇现象转化
过程中的重要一步。词形的线性序列较长或不稳定都是这一阶
段的典型特征。同时存在着意义相似但词形有异的多个修辞文
本，固然可以归结为古代缺少语言文字的有序规范，但处于过
渡状态的不稳定性仍然是根本原因。

也有另一种状态，就是介于修辞现象与词汇现象两种不同
性质的状态之间。例如：

1.王夫人一进房来，贾政更如火上浇油一般。（《红
楼梦》第33回）

2.如今听了周瑞家的捆了他的亲家，越发火上浇油。
（《红楼梦》第71回）

判断一个词是否由修辞现象转化为词汇现象，依据就是其词义

对语境的依赖性的有无。例1中的"火上浇油"仍处于"如……一般"的比喻修辞框架中，显然还是比喻修辞的喻体，词义就是表层义。而例2中的"火上浇油"，其词义已经脱离了具体的语境，是由"火上浇油"这个比喻日久使用而产生的引申义：使人更加愤怒。

相比前一种状态，介于修辞现象与词汇现象两种不同性质的状态之间，就为修辞现象在词汇库中的固化创造了一种可能。一旦某种修辞格的个性化变体完全具备了合理的思维基础、独特的效果，也符合语言系统的结构体系，就将获得积极的评价，然后为交际共同体所认可。于是，原来变异的语言模式逐渐被人们视为语言规约，由动态变为静态，成为常规词汇系统的组成部分，我们就把这个过程称作修辞格在词汇系统中的固化。比如"鼎沸"这个词。最早是以修辞格的形式出现的"潏潏淈淈，涒潗鼎沸"（《史记·司马相如列传》）意在用水在锅里沸腾的状况来形容喧闹、混乱的场面。当这一个性化说法甫一出现时，很快就因为其形象、贴切、言简意赅为人们所认可和效仿。随着人们的广泛使用，当初新异的修辞感觉逐渐在人们眼中消退，变异的修辞格的本质慢慢被遗忘，"鼎沸"完全成了"喧闹、混乱"的代名词。偶发的、个性的修辞变体"鼎沸"最终成为词汇库里新的成员，与其他已有的稳定成员一样，承担着全民交际的功能。再比如"黄泉"一词，最早见于《左传·隐公元年》："不及黄泉，无相见也。"用"黄泉"代称人死后埋葬的地方，这是借代修辞。当这种个性化的借代修辞用法以其委婉的效果、简洁的形式为越来越多的后人所认同、效仿之后，就由偶发转为群体使用。逐渐地，社会普遍认同用"黄泉"代称人死后埋葬的地方，"黄泉"就以词的形式固定下来。当交际共同体普遍地在词义上把"黄泉"视作"人死后埋葬的地方"的代名词时，说明"黄泉"已由最初的借代修辞固化为词。

从动态的修辞方式到静态的词汇，固化的过程不仅是从个性、偶发到普遍、常用的转变，固化的过程还是从超越、突破规约到形成规约的过程。王德春说："在特定的环境中，在遵守全民语言规范的基础上，为了交际需要而在个别地方突破规范，创造性地使用语言，这不仅不会引起混乱，妨碍交际，而且可以加强语言的表达效果，有利于交际任务的完成。人们使用语言时，一方面遵守全民语言的现行规范，保持语言的相对稳定，以便于交际；另一方面又由于交际的需要，不断突破现行规范，依赖于特定的环境，创造性地使用语言，以促使语言发展，从而满足更复杂的交际需要。这就是语言的规范性与言语的创造性的相互关系。"[1]修辞方式和词汇的关系就是如此。修辞方式的使用固然突破了某些已有的语言规则，是对常规语言的超越、颠覆和突破，但也因此给平常的语言赋予一种不平常的气氛，为人们所推崇和效仿。而当这种超越成为很多人的行为时，突破也就变成了一种规则。而语言就是在遵守规则—突破规则—创造新的规则的过程中不断发展。

---

① 王德春：《修辞学探索》，北京出版社1983年版，第29页。

第二节 修辞格在词汇系统中固化的方式

词汇是语言的三要素之一，是一种语言里所有词和固定短语的总和。它是语言系统的常规状态，是规则的，相对稳定的，属于语言层面。修辞是对语言常规材料的灵活运用，属于言语层面。但在一定的条件下，有些修辞格经历临时偶用—普遍常用的过程后，常常能为语言交际共同体认可，最终以词汇库中新成员的形式固定下来，这就是修辞格在词汇系统中的固化。修辞格在词汇系统中固化是产生新词语的一条重要途径。

一、修辞格固化为新词

从一个角度说，是一种修辞格的某个变体被人们所认可，然后以新词的形式加以固化，而从另一个角度说其实是新词形成理据的修辞认知。因此，由修辞格固化的新词的类型其实也是修辞方式的不同类型。

（一）比喻格固化的新词

在各种修辞格中，比喻对新词的形成影响最大。如"瓜葛"，瓜和葛本都是蔓生的植物，能缠绕或攀附在别的物体上。抽象世界里辗转相连的社会关系或事物间互相牵连的复杂关系，很容易使人们联想到"瓜葛"的形态。反过来，当这样的比喻表述因为形象地传达出了大多数人的感受而得到大家的认可，从而在以后不断地被群体效仿，因为视觉、听觉和心理的屡次强化，以至于人们以后再听说到"瓜葛"的时候，就很容易直接等同于"抽象世界的各种关系"的含义，最终，形象的比喻称说变成了固定的词汇。这样的例子举不胜举，如"鼎沸""虎口""鸳鸯""醋罐子""火上浇油"等，源于比喻的修辞格而固化的词汇是所有修辞格固化成词中数量最多的。

（二）借代格固化的新词

借代也是新词形成的重要途径。古代汉语中的借代丰富多彩，但大多数只是临时职务，其中有一部分由于符合汉语复音节词的特征，又被频繁使用，便逐渐固定为复音节词。例如"膏粱"，"膏"是脂肪，"粱"是谷子的优良品种的统称，合起来就是肥肉和细粮。在古代，肥肉和细粮无疑就是美味的饭菜中的典型，渐渐地，"膏粱"也就被用来泛指美味的饭菜了。类似的还有"布衣""针线""口舌""生齿""细软"等。当临时的借用转变为固定的含义时，新奇的修辞色彩逐渐退化，稳定地充当语言交际符号的功能显现，修辞现象就转化为词汇现象。

（三）婉曲格固化的新词

崇尚委婉含蓄是中国人的传统。古代汉语中很多词语的形成都与委婉这种修辞手法有关。用于谦称和尊称的某些词，如"大人""晚生""家父""犬子"等；说话时遇有犯忌触讳的事物，便用旁的说法来掩盖或美化的，如间接地表达人死了的

"伸腿"和"归西",讳言上厕所的"出恭"等。

除了上面提到的比喻、借代、婉曲修辞格能固化为新词,再比如夸张格固化的新词如"片刻""登时""半晌""须臾""无影无踪";用典格固化的新词,如"定鼎""云雨""燕尔""中山狼""桑梓""顶缸"等;复叠格固化的新词如"种种""暗暗""惶惶""假惺惺""乱糟糟""哭哭啼啼"等;摹状格固化的新词如"斑斑""茫然""颤巍巍""喘吁吁""袅袅婷婷"等。第二章中已经就修辞造词的不同类型作了详尽的罗列和分析,这里不再重复。

二、修辞格固化为新义

> 何我堂堂须眉,诚不若彼裙钗哉?(《红楼梦》第1回)

在很多人的印象中,"须眉"代指男子,"裙钗"代指女子。以往研究借代造词的文章也不乏将二者同列为例词的情况。但实质上,同为跟借代修辞方式有关联的造词,二者性质却并不完全相同。在"裙钗"成词之前,"裙"和"钗"分别是单音节的词。从两个单音节的临时组合到后来永久地合在一起固定地表示妇女含义,从临时地用妇女的装饰来代称妇女到固定地表示妇女的含义,这是修辞格在词汇系统中固化的结果。具体地说,是修辞造词,是以修辞方式为造词理据造出了汉语词汇的新成员。但"须眉"的情况并不完全如此。在"须眉"获得男子的代称的含义之前，词汇库中就已经存在"须眉"一词，只不过之前"须眉"一词的词义是"胡须和眉毛"。所以，再用"胡须和眉毛"代称"男子"的时候，虽然同"裙钗"一样仍是以借代修辞方式为理据，但借代修辞的本体已经不是"胡须和眉毛"这种事物。因此，这种方式造出的词不再是新词，表"男子"义的"须眉"和表"胡须和眉毛"义的"须眉"共用一个词形，或者可以说，是在"须眉"一词原来单义的基础上又增加了一个新义，而这种新义的增加是以借助借代修辞方式产生的。从用"胡须和眉毛"（确切地说是"须眉"的语音）临时地来代称男子，到"须眉"固定地具有了男子的含义，我们认为这也是修辞方式在词汇系统中的固化的结果。不同的是，前者造出了新词，后者只造出了新义，或者叫修辞引申，是以修辞方式为引申理据，在造出新义的同时，也造出了汉语词汇里新的音义结合体。

以下的例词与"须眉"相似，也是以修辞引申为表现形式的修辞方式在词汇系统中的固化。如：

风雨：① 风和雨。

② 比喻艰难困苦。（比喻引申）

门楣：① 门框上端的横木。

② 指门第。（借代引申）

羽化：① 古人说仙人能飞升变化，把成仙叫作羽化。

② 婉辞，道教徒称人死。（婉曲引申）

半天：① 白天的一半。

　　　　　　② 指相当长的一段时间。（夸张引申）

　　……

也有在一个词身上，同时表现出修辞方式在词汇系统中固化的
两种情形：修辞造词和修辞引申的例子。如：

　　风月：① 风和月，泛指景色。（借代造词）

　　　　　② 指男女恋爱的事情。（借代引申）

　　千古：① 长远的年代。（夸张造词）

　　　　　② 婉辞，哀悼死者，表示永别。（婉曲引申）

　　千金：① 指很多的钱。（借代造词）

　　　　　② 比喻贵重；珍贵。（比喻引申）

　　蛾眉：① 形容美人细长而弯的眉毛。（比喻造词）

　　　　　② 指美人。（借代引申）

　　……

无论是通俗意义上的修辞造词还是修辞引申，在我们看来都是
修辞格在词汇系统中固化的结果。前者，我们称之为"修辞格
固化为新词"，后者我们称之为"修辞格固化为新义"。把两
种情形都看作"修辞格在词汇系统中的固化"，不仅仅因为作
为其固化结果的音、义以及音义结合体的词都是词汇系统的
有机组成部分，还因为两者都是词汇库中增添新成员的重要途
径。"修辞格固化为新词"直接造成了"全新的词"（音新、义
新），"修辞方式固化为新义"表面看起来只是增加了新的义

项，其实增加新义项只是中间过程，最终也造成了词的产生。
词是能够独立运用的、最小的音义结合体。从这个角度来看，
表男子义的"须眉"、表门第义的"门楣"、表艰难困苦义的
"风雨"等的出现，仍然可以说是"新词"。稍稍不同的是：前
者固化的新词其语音形式是词汇库中前所未有的，因而音新、
义新。而后者是在本义基础上先产生了新义，与新义相对应的
语音形式不是新造的，而是借助了词汇库中已有成员的物质外
壳。也就是说，后者造出的新词的确不是一般意义上的新词。
但是，它是"新的音义结合体"，是新的语言交际符号，也可以
说是新的词。比如"幌子"这个词。原来在词汇库中就有，它的
词义是"商店门外表明所卖商品的标志"。后来，在言语交际活
动中出现了用"幌子"来比喻进行某种活动时所假借的名义的用
法，且逐渐为大多数人所效仿。当言语交际共同体把"进行某
种活动时所假借的名义"约定俗成为"幌子"的另一个词义时，
也就意味着，比喻的修辞方式已经被固化到了词的新义中。不
同的是，与该新义相对应的语音形式不是为该新义而新造的，
而是与已有的词义"商店门外表明所卖商品的标志"共用一个。
当然，此"幌子"非彼"幌子"，二者只是基于词义的关联而使
用了同一个语音形式。但对于言语交际者来说，将比喻修辞固
化而形成的表示"进行某种活动时所假借的名义"义的"幌子"
一词，与前面提到的修辞造词"瓜葛""膏粱""犬子"等一样，
甚至与一般造词法造出的词"天空""人间""打斗"等一样，都
充当着新的音义结合体的作用。因此，我们把词的本义借助修
辞方式引申而形成新义，进而形成新词的情形，也同借助修辞

方式直接造出新词的情形一样，看作是修辞格在词汇系统中的固化。

修辞格固化为新义，从词是语言交际的符号这个角度来说，它使一个语词符号由指称一类对象变为兼指几类相关联的对象；从词汇系统的角度来说，它为其增添了新的成员，可以更加细致地认识世界。

同样都可以造出新词，同样在造词的过程中都借助了修辞格，结果却不同："修辞格固化为新词"直接造出了音新、义新的全新音义结合体，而"修辞格固化为新义"造出的却是音旧、义新的音义结合体。本质的原因就在于：用来进行修辞行为的是客观世界中的事物还是词义（事物和词义的区别在于有无相对应的语音形式）。以"鹅黄"和"阎王"为例，当人们想要描写嫩黄的颜色时，想到了与其有相似点的另一事物——小鹅绒毛的颜色。于是就拿它打比方。当这一比喻修辞行为逐渐为言语社团认可后，就以词的形式凝固下来，人们赋予它固定的语音形式和语义内容，于是表示"像小鹅绒毛那样的"义的"鹅黄"一词就产生了。再来看"阎王"。极严厉或极凶恶的人常常让人联想到阎王。于是人们就拿它打比方。当这一比喻修辞行为成为言语社团的共识的时候，也以词的形式凝固下来，人们同样也要赋予它固定的语音形式和语义内容，与"鹅黄"一词不同的是：语义内容是新造的，但出于语言经济性的考虑，借用了词汇系统中已有的语音形式。或者也可以这样理解："比喻极严厉或极凶恶的人"义的"阎王"凝结前的比喻修辞中，本体不是人们认知中阎王这个事物本身，而是词汇系统中的一个词义，而这个词义是有相对应的语音形式的。

与修辞格固化为新词相似，修辞格固化为新义的类型也因固化前借助的修辞格的类型而异。

（一）比喻格固化为新义

世界上的很多事物之间都有相似之处。当思想的对象同另外的事物有了相似点，人们用那另外的事物来打比方的时候，说写的对象也就有了另外的事物的特征。例如，"饕餮"是传说中的一种凶恶贪食的野兽。用"饕餮"来比喻人，作为本体的人就有了喻体"饕餮"所包含的凶恶、贪婪的特性。这是比喻修辞所带来的比喻义。不过，这种比喻义是临时的，脱离了具体的语境就不存在了。但是，当这种比喻修辞反复长期使用并被大多数人认可后，本体所被赋予的这种比喻义就会逐步固定下来，当提及"饕餮"就能让人联想到"凶恶、贪婪的人"的时候，"比喻凶恶贪婪的人"的词义被固定在了"饕餮"这个词上。原本单义的"饕餮"将比喻修辞固化出新义（"饕餮"原本已经有了表示"传说中的一种凶恶贪食的野兽"义），一个新的音义结合体也随之在词汇库中产生。

比喻格固化为新义，进而造出新词的例子在《红楼梦》中还有很多，例如：喻指举动不庄重、善于凑趣的人的"小丑"，喻指美好的青春时代的"韶华"，喻指清官的"青天"，喻指紧密相连不可分割关系的"骨肉"，喻指家底的"根基"，喻指职业生活不固定，东奔西走的"漂泊"，喻指失利的"失手"，喻指写文章时使用大量华丽而无用的词语的"堆砌"等。

（二）借代格固化为新义

世界上的很多事物之间都有千丝万缕的联系。比如，甲事物同乙事物不相类似，但有不可分离的关系。利用这种关系，以乙事物的名称来代替甲事物的，就叫借代修辞。例如"偏房"本指四合院中东西两厢的房子。按古代惯例，妻住正室，妾住偏房。借用"偏房"代称妾，这就是借代修辞。作为借体的"偏房"就有了借体"妾"的词义。不过，这种借代义是临时的，一旦脱离了具体的语境就不存在了。但是，当这种借代修辞反复长期使用并被大多数人认可后，借体所被赋予的这种借代义就会逐步固定下来，当提及"偏房"就能让人联想到"妾"的时候，"妾"的词义被固定在了"偏房"这个词上。原本单义的"偏房"将借代修辞固化出新义（"偏房"原本已经有了表示"四合院中东西两厢的房子"义），一个新的音义结合体也随之在词汇库中产生。

借代格固化为新义，进而造出新词的例子在《红楼梦》中还有很多，例如：泛指家长的"父兄"，代称青年妇女的"红妆"，代称字或画的"墨迹"，代称穿戴的衣帽、首饰等的"穿戴"，泛指有山有水的风景的"山水"，代称庙宇中照料香火的人的"香火"，代称嫁妆的"妆奁"，代称戏曲中扮演中青年妇女的旦角的"青衣"等。

（三）婉曲格固化为新义

人们在某些场合交际的时候，为了取得好的表达效果，往往需要言语婉转：不直截了当地说出本意，而用跟本意相关或相同意思的话迂回曲折地表达出来。例如，"更衣"本指换衣服。古时候有钱人家上完厕所都是要换衣服的。人们避讳"上厕所"这样不雅的话题，就用"更衣"曲折地表达出来，这就是婉曲修辞。作为代语的"更衣"就有了"上厕所"的语境义。不过，这种因婉曲修辞而产生的意义是临时的，一旦脱离了具体的语境就不存在了。但是，当这种婉曲修辞反复长期使用并被大多数人认可后，代语所被赋予的这种意义就会逐步固定下来。当提及"更衣"就能让人联想到"上厕所"的时候，"上厕所"的词义被固定在了"更衣"这个词上。原本单义的"更衣"将婉曲修辞固化出新义（"更衣"原本已经有了表示"换衣服"义），一个新的音义结合体也随之在词汇库中产生。

婉曲格固化为新义进而造出新词的例子，在《红楼梦》中还有很多，例如：敬称人寿辰的"千秋"、婉称丧事的"后事"、敬称皇帝的"万岁"、作为上厕所的婉辞的"更衣"、婉称性生活的"同房"、婉称人死亡的"上天"、哀悼死者表示永别的婉辞"千古"、谦称妻子的"堂客"、敬称人年岁的"春秋"、谦称自己的"小弟"、敬称将帅的"麾下"等。

（四）夸张格固化为新义

比喻、借代、婉曲修辞，从某种角度上说，都是将说写对象"换名"的一种表达方式。而"夸张"不在换名，而在程度描述上的言过其实。是为了表达的需要，故意对客观的人、事、物作扩大或缩小的描述，目的是使人印象深刻。例如，"半天"本是指白天的一半。在"宝玉瞅了半天"（《红楼梦》第32回）

中，把较长的一段时间夸大为"半天"，显然是夸张修辞。"半天"因而就有了表示"很长一段时间、好久"的语境义。不过，这种因夸张修辞而产生的语境义是临时的，一旦脱离了具体的上下文就不存在了。但是，当这种夸张修辞反复长期使用并被大多数人认可后，"半天"所被赋予的这种意义就会逐步固定下来。当提及"半天"就能让人联想到"很长一段时间；好久"的时候，"很长一段时间；好久"的词义就被固定在了"半天"这个词上。原本单义的"半天"将夸张修辞固化出新义（"半天"原本已经有了表示"白天的一半"义），一个新的音义结合体也随之在词汇库中产生。

夸张格固化出新义，进而又造出新词的例子，在《红楼梦》中并不多，只有两个。除了上面提到的表示"很长一段时间；好久"义的"半天"，还有泛指深夜的"半夜"。

修辞格固化为新义的类型，在《红楼梦》中我们只看到了以上四种。也就是说，"修辞格固化为新词"与"修辞格固化为新义"的类型并不对称。在《红楼梦》中至少有八种修辞格都可以在词汇系统固化为词，而可以固化为新义进而造出新词的则只有四种。

第三节　影响修辞格在词汇系统中固化的因素

语言是人类交际的工具，是一个开放的、不断变化的系统。为了满足社会生活多方面的需要，保持强劲的生命力，语言就要不断地进行自我调节，保持各个子系统的相对平衡。作为语言这个大系统的组成部分的词汇子系统同样是这样。

修辞格在词汇系统中固化是一个漫长的历史过程：个性、偶发的修辞格→普遍修辞文本→修辞词汇化。如果把词汇系统比作一个工厂的话，它不仅有正在销售的商品，一定还有在仓库里待售的"准商品"，当然还有一些连商品也算不上的制造商品的材料。对修辞方式在词汇系统中的固化这个过程来说，修辞词汇化就是商品，普遍的修辞文本就是待售商品，而个性、偶发的修辞格就是制造商品的材料。正如同不是所有的备用材料都可以制造出产品，也不是所有的产品都能成为商品一样，并非所有的修辞格最终都能在词汇系统中固化，成为词汇库中固定的成员。影响修辞格在词汇系统中固化的因素很多，而且常常共同起作用。我们从《红楼梦》中选取了一些至今没有被固化的修辞变体，希望尽可能揭示出影响修辞格在词汇系统中固化的因素。我们认为，主要有以下几个方面。

一、言语社团的认同程度

语言是交际的工具，交际的前提就是对语言各要素的约定俗成。这种约定俗成在人类语言发展的初期几乎是任意的，但到后来，就都存在着理据性。即只有那些修辞理据为言语社团的大多数人认可的言语形式才有可能获得词汇库中固定成员的身份。例如："说着，顺着脚一径来至一个院门前，只见凤尾森森，龙吟细细。"（《红楼梦》第26回）在这里，用"凤尾"喻竹子，用"龙吟"喻箫笛之类的管乐器之声，"凤尾"就有了"竹子"义，"龙吟"就有了"管乐器之声"义。但是，"凤尾""龙吟"，因比喻修辞方式获得的这种意义并不是固定的，离开了具体的上下文就会消失。相比而言，用"火坑"比喻悲惨的生活环境、用"脂粉"借指妇女、用"一溜烟"极言跑得快、用"归西"婉称死亡等，这些词因修辞方式所获得的意义却被固定下来，脱离了语境也没有消失。其中的原因就在于：后者的修辞理据相较前者更为言语社团的大多数人认可。具体来说，前者语词的形式与内容之间的关联性并不如后者更直接、更恰切、更生动。只有那些修辞理据为言语社团的大多数人认可的修辞变体才有可能成为普遍修辞文本，被广泛运用，最终才有可能成为有固定词义、固定语音内容的词汇库成员。

类似的例子在《红楼梦》中还有很多，如"更兼剑眉星眼，直鼻方腮"（《红楼梦》第1回）。其中的"剑眉"和"星眼"同与比喻修辞有关，但前者已固化为词，而后者仍是临时修辞用法。原因就在于用"星星"比喻"眼睛"远不如用"剑"来比喻"眉毛"更为言语社团大多数人所认可的。《红楼梦》中另一个同样为比喻修辞固化而形成的"杏眼"一词，似乎从另一个角度证明：为说写"大而圆的眼睛"而形成的比喻修辞"杏眼"，就为大多数言语使用者认可而在词汇系统中固化。再如：同与借代修辞有关，"碧螺春"是词，而"老君眉"不是词；同与比喻修辞有关，"落汤鸡"是词，而"水鸡""雨打鸡"不是词；同以动物的身体部位作喻体打比方，"牛鼻子""驴肝肺""鸡眼"是词，"蜂腰""猿背""鹤势""螂形"等不是词；同用比喻修辞来为花命名，"美人蕉""君子兰""罗汉果（豆）"是词，而"罗汉松""夫妻蕙"不是词；同用比喻修辞来描写颜色，"鹅黄""雪白"是词，"柳绿"不是词……

以上所有表达方式，最初临时组合时都以修辞方式为组合理据，而最终有的在词汇系统中固化，有的依然保持着临时的修辞用法。形成这种差异的本质原因就是言语社团的认可度的差异。决定一个修辞文本的认可度的因素有很多。拿一个比喻修辞文本来说，决定它认可度的因素有：本体和喻体的相似度够不够高（比如，单纯来看，"杏眼"的认可度高于"星眼"）、是否符合汉族人的审美观念（比如"君子兰"一词，以"兰花"喻君子就非常符合汉族人崇尚高洁的观念）、情感色彩（比如，把别人说话比作牲畜呕吐的"混呕"，贬义的情感色彩就太浓）、语体色彩（比如把妖媚迷人的女子称作"狐媚子"，口语色彩和方言色彩就太浓）等。言语社团的认可程度可以从对这些言语形式的检索结果中得到证实：那些固化为词的言语形式的使用频率总是远远高于那些未成词的言语形式。

二、语言系统的自我调节

语言作为人类最重要的交际工具，为了满足人类交际的需要，就要不断地变动。变动就可能打破自身原有的平衡，不平衡的混乱状态又会妨碍语言的交际工具的职能。为维护自己交际工具的职能，语言得重新组合即自我调节，以求达到新的、相对的、动态的平衡。向着平衡状态发展是所有生物的自然趋势。表现在词汇上，其中之一就是新词的吸收、旧词的淘汰。当客观世界有了新事物、新观念需要表达的时候，语言就有创造出相应表达形式的需求。同样，当一些事物和观念逐渐时过境迁的时候，语言系统也会淘汰掉与之相对应的表达形式。当然这是依靠语言的使用者——人来实现的。但是，当词汇库中已有类似的成员存在的时候，基于语言的经济性原则，即使该修辞文本为言语社团的大多数人认可，也难以固化为词。在《红楼梦》中，我们可以找到很多普遍的修辞文本，它们大多已具备了成词的条件，似乎应该被词汇系统吸纳，但目前（其实有很多已在之前相当长的时间段内存在）仍以介于词与短语之间的状态存在。通俗点说，它们就是词汇库中某些已有成员的同义或近义词。如"齑盐布帛"（已有"粗茶淡饭"）、"展眼"（已有"转眼"）、"狐媚子"（已有"狐狸精"）、"情痴"（已有"情种"）、"顺水行船"（已有"顺水推舟"）等。

三、表层结构的长度

修辞文本的表层结构太长，文字很难被压缩成一个词，也是不能被固化为词的原因之一。比如："难道将来只有宝兄弟顶你老人家上五台山不成？"（《红楼梦》第22回）这样的避讳修辞文本因为很难浓缩，通常不会被固化，或者即使被固化，也不是以词的形式。更何况，作为死亡的婉辞，汉语中已经有很多，如"羽化""上天"等。再比如，"那茗烟去后，宝玉左

等也不来，右等也不来，急的热锅上的蚂蚁一般"（《红楼梦》
第39回），把着急的情态比作"热锅上的蚂蚁"，这样的修辞文
本形象生动，也为言语社团所认可，不能固化为词的原因就在
于表层结构太长，不易被浓缩。

一方面，从我们的分析可以得出结论，以上任何一种因素
的制约都可能使修辞方式固化为词成为泡影；而另一方面，我
们又看到，很多看似违背了以上某个因素的修辞文本却固化为
词。比如，借代修辞方式固化的代称女子的词，在《红楼梦》
中就同时存在着"巾帼""蛾眉""红妆""脂粉"等多个，它们
无论是理性义还是色彩义都差别不大，并不符合我们所说的语
言的经济性原则。再比如，在《红楼梦》中同时存在着意义相
近的"眨眼"和"转眼"两个夸张格固化的词，而意义相近的
"顺水推舟"和"顺水行船"目前却一个是成语，另一个非词汇
成员。这是因为，语言是复杂的，能对其发展产生影响的诸多
因素也不可能孤立地作用于它。从另外一个角度说，相对于历
时的动态的语言系统来说，我们截取的任何一个时间段都只是
短短的一瞬，都是一个静止的共时的平面。在这个平面上，语
言系统正在打破平衡，也正在走向平衡，不是静止的，也不是
最终的状态。因此，仅仅从很短的时间段孤立地去观察，很难
定论它是否最终将被固化。孤立地、静止地、绝对地去看制约
修辞格向词汇系统固化的因素也是不科学的，修辞格向词汇系
统固化是一个漫长的复杂的动态的过程。

从修辞范畴进入词汇范畴，反映了语言发展的规律。一方
面，语言的交际功能决定了，对语言来说，首要的是稳定性，

是对各种规则的约定俗成；但另一方面，语言是动态的，动态的语言现实和静止的语言规则之间不可避免地常常发生着博弈，其结果是某些新异的语言现实被认可的同时也修正了某些已有的语言规则。而修辞格只不过是新异的语言事实之一。由新鲜、奇特的修辞方式的变体到转变为词汇大家庭中稳定的成员，我们的语言就是这样经历着遵守规则—突破规则—形成新的规则的轨迹不断发展，而我们的语言也正是在全民约定俗成—个性说法—新的约定俗成的路径中逐渐走向丰富多彩。

参考文献

孙常叙：《汉语词汇》（重排本），商务印书馆2006年版。

张永言：《词汇学简论》，华中工学院出版社1982年版。

任学良：《汉语造词法》，中国社会科学出版社1981年版。

符淮青：《现代汉语词汇》（增订版），北京大学出版社2004年版。

葛本仪：《现代汉语词汇学》，山东人民出版社2001年版。

刘叔新：《汉语描写词汇学》，商务印书馆1990年版。

钟少华：《中国近代新词语谈薮》，外语教学与研究出版社2006年版。

刘润清编著：《西方语言学流派》，外语教学与研究出版社1995年版。

陈望道：《修辞学发凡》，上海教育出版社2001年版。

赵克勤：《古代汉语词汇学》，商务印书馆1994年版。

黄伯荣、廖序东主编：《现代汉语》，高等教育出版社2017年版。

李国南：《辞格与词汇》，上海外语教育出版社2001年版。

王艾录、司富珍：《汉语的语词理据》，商务印书馆2001年版。

王艾录编著：《汉语理据词典》，北京语言学院出版社1995年版。

王艾录、司富珍：《语言理据研究》，中国社会科学出版社2002年版。

曹炜：《现代汉语词汇研究》，北京大学出版社2004年版。

沈孟璎主编：《新词新语词典》，四川辞书出版社2005年版。

黄振民：《诗经研究》，台湾正中书局1982年版。

赵艳芳编著：《认知语言学概论》，上海外语教育出版社2001年版。

束定芳：《隐喻学研究》，上海外语教育出版社2000年版。

［瑞士］费尔迪南·德·索绪尔著，高名凯译：《普通语言学教程》，商务印书馆2010年版。

徐通锵：《基础语言学教程》，北京大学出版社2001年版。

吴礼权：《修辞心理学》，云南人民出版社2002年版。

吴礼权：《委婉修辞研究》，山东文艺出版社2008年版。

邱明正：《审美心理学》，复旦大学出版社1993年版。

徐朝华：《上古汉语词汇史》，商务印书馆2003年版。

蒋绍愚：《古汉语词汇纲要》，商务印书馆2005年版。

董为光：《汉语词义发展基本类型》，华中科技大学出版社2004年版。

郑子瑜：《中国修辞学史稿》，上海教育出版社1984年版。

唐钺：《修辞格》，商务印书馆1933年版。

黄珊：《〈荀子〉虚词研究》，河南大学出版社2005年版。

唐子恒：《汉语典故词语散论》，齐鲁书社2008年版。

一粟编：《红楼梦资料汇编》，中华书局1964年版。

朱一玄编：《红楼梦资料汇编》，南开大学出版社2001年版。

俞平伯：《红楼梦研究》，人民文学出版社1973年版。

卢兴基、高鸣鸾编：《〈红楼梦〉的语言艺术》，语文出版社1985年版。

周中明：《〈红楼梦〉的语言艺术》，漓江出版社1982年版。

中国社会科学院文学研究所编：《红楼梦研究集刊》（第十辑），上海古籍出版社1989年版。

中国社会科学院文学研究所红楼梦研究集刊编委会编：《红楼梦研究集刊》（第十四辑），上海古籍出版社1989年版。

易蒲、李金苓：《汉语修辞学史纲》，吉林教育出版社1989年版。

束定芳主编，《外国语》编辑部编：《语言的认知研究——认知语言学论文精选》，上海外语教育出版社2004年版。

张志毅：《词的理据》，载《语言教学与研究》1990年第4期。

许光烈：《汉语词的理据及其基本类型》，载《内蒙古民族师范学报》（哲学社会科学版）1994年第1期。

程国煜：《仿词造词略论》，载《内蒙古民族师院学报》（哲学社会科学版）2000年第1期。

胡晓靖：《〈诗经〉：摹声、重言与中国诗歌的最初源头》，载《陕西教育学院学报》2006年第2期。

刘晓梅：《当代汉语新词语造词法的考察》，载《暨南大学华文学院学报》2003年第4期。

吴礼权：《比喻造词与中国人的思维特点》，载《复旦学报》（社会科学版）2008年第2期。

杨振兰：《从造词看词的色彩意义》，载《山东大学学报》（哲学社会科学版）2005年第1期。

张延成：《〈汉书〉中的修辞造词》，载《语文学刊》2000年第4期。

徐杲：《辞格造词辨正——与任学良先生"修辞学造词法"商榷》，载《现代语文》2006年第8期。

徐杲：《试为"词的修辞义"正名》，载《汉语学习》1996年第3期。

徐杲：《修辞手法造词新探》，载《阅读与写作》1999年第5期。

周洪波：《修辞现象的词汇化——新词语产生的重要途径》，载《语言文字应用》1994年第1期。

史锡尧：《借代手法造词探索》，载《修辞学习》1994年第5期。

刁晏斌：《当代汉语修辞造词中的多辞格并用现象》，载《南京师范大学文学院学报》2007年第2期。

朱明海：《命名与修辞造词法》，载《广州师院学报》（社会科学版）2000年第6期。

沈家煊：《转指和转喻》，载《当代语言学》1999年第1期。

刘文文：《当代汉语借代新词造词浅析》，载《新西部》（下半月）2008年第3期。

李国南：《委婉语与宗教》，载《福建外语》2000年第3期。

李如龙：《汉语词汇衍生的方式及其流变》，载《河北师范大学学报》（哲学社会科学版）2002年第5期。

吴礼权：《论委婉修辞生成的心理机制》，载《修辞学习》1998年第2期。

寿永明：《夸张的语义基础》，载《绍兴文理学院学报》（哲学社会科学版）2002年第4期。

方平权：《汉语词义引申类型研究回顾与述评》，载《湛江师范学院学报》2006年第5期。

魏慧萍：《汉语词义发展与修辞》，载《汉语学习》2004年第8期。

刘兰民：《汉语修辞造词研究》，山东大学2002年博士学位论文。

杨冰郁：《近代汉语修辞词语的特征、类型和意义》，陕西师范大学2000年硕士学位论文。

附录：《红楼梦》修辞造词例词

（一）比喻造词

风尘　矛盾　辛酸　火坑　剑眉　鼠窃狗盗　暮年　鹑衣
鸳鸯　虎狼　百足之虫，死而不僵　情种　命根（子）　门
路　心肝（儿）　簇拥　锦绣　心口　槁木死灰　口碑　顺水
行（推）舟　狭路相逢　参商　鹅黄　蛾眉　膏肓　骨肉　桃
红　蒲柳　迷津　头绪　纲领　瓜葛　风头　心眼（儿、子）
心腹　猩红　森列　壁立　满面春风　病根　龙眼　荼毒　荣
华　漆黑　油光　玫瑰紫　皮囊　耳旁风　痛痒　心头　粉碎
蟾宫折桂　龙生九种　三天打鱼，两天晒网　应卯　助纣为
虐　蜂拥　鼎沸　人参　禽兽　心坎（儿）　皂白　树倒猢狲
散　洞开　灯笼　青红皂白　牢坑　远水解不了（救不得）近
渴　坐山观虎斗　借剑（刀）杀人　铁面无私　雪白　羊肠小
径（道）　环抱　豆蔻年华　山脚　金黄　禄蠹　火热　学舌
坎儿　规矩　醋罐子　罗列　耳根　蜡花　一五一十（兼）
狐疑　狗急跳墙　床头　高枝儿　九霄　灯花　鸾凤　烛花
泥胎　眉心　角门　墙根　藩镇　肝火　枝叶　冰凉　付诸东
流　泪珠　蝴蝶结　唇舌　草芥　火上浇油　金贵　月洞门
木头人儿　葱绿　银红　恫瘝在抱　附骥　鸡头　膀臂　佛手

眉头　耳房　金玉　馋（嘴）猫　吃醋　夜叉　碰钉子　陈谷子烂芝麻　虎视眈眈　剖腹藏珠　水绿　萍踪　浪迹　火星　拨浪鼓　天诛地灭　铁青　湘妃竹　井底之蛙　汤婆子　冰冷　猫儿眼　朱红　眉梢　墙倒众人推　笑里藏刀　兔死狐悲　一个巴掌拍不响　续弦　指鸡骂狗　指桑骂槐　投鼠忌器　肝胆　水落石出　偃（掩）旗息鼓　两面三刀　请君入瓮　虎口　醍醐灌顶　风霜　跳梁　苦海　半瓶醋　效颦　穷途　垂涎　生米煮成熟饭　金莲　柳眉　寒窗　如鱼得水　旦夕　左右开弓　刀靶（把儿）　剪（斩）草除根　儿戏　烈火干柴（干柴烈火）　如胶似漆　坐山观虎斗　井水不犯河水　猬集　临阵磨枪　蝇头　青云　海誓山盟　马脚　垫背　袖手旁观　紧箍咒　鬼胎　小题大做　把柄　水蛇腰　狗仗人势　辐辏　字眼　准绳　不落窠臼　续貂　纸上谈兵　靛青　五雷轰顶　乌合　蛇足　作俑　桎梏　中山狼　青目（眼）　后尘　粪土　肉中刺　眼中钉　立竿见影　一日三秋　牛鬼蛇神　留得青山在，不怕没柴烧　三头六臂　不郎不秀　闷雷　鼻翅　面如土色　风雷　高山流水　茅塞顿开　寄人篱下　虾米　金石　翻江倒海　粉红　风波　月白　云鬓（髻）　杯弓蛇影　解铃系铃　狐群狗党　借风使船　火速　破镜重圆　水性杨花　花魁　心地　木雕泥塑　鱼龙混杂　为人作嫁　捕风捉影　鼠窜　恨铁不成钢　偷梁换柱　脚面　神出鬼没　针砭　回光返照　桑梓　叶落归根　云散　一网打尽　饥不择食　门面　移花接木　如鱼得水　掣肘　千红万紫（万紫千红）　三姑六婆　闲云野鹤　骨瘦如柴　风流云散　铁石心肠　冰炭　当头一棒　锦上添花　过眼

烟云　樊笼　保山　飞黄腾达　刻舟求剑　手心　斗篷

（二）借代造词

　　笔墨　裙钗　衣食　悲欢离合　纨绔　风月　喷饭　口舌
膝下　眉目　膏粱　侧目　书香　西席　生齿　草野　寒门
东床　人烟　举止　祭酒　针黹　门子　斗鸡走马（狗）　细
软　春秋　寝食　起居　悬梁　声色　黄泉　侯门　嘴脸　陪
房　体面　口齿　靠背　披风　面目　白露　霜降　小雪　畜
生（牲）　混呛　针线　落草　白骨　红妆　举止　同窗　胆
小　嚼用　筵席　汗颜　脂粉　青衣　弱冠　麾下　举目　内
人　喷饭　兴衰　元宵　案牍　首尾　拂尘　肝脑涂地　赤
子　九州　红尘　侧耳　衣钵　针线　人马　尺头　门第　芒
种　眉眼　红颜　头面　绣房　解手　如意　执事　管家　千
金　万福　聪明　耳鬓厮磨　多嘴　改口　飞禽　走兽　裁
缝　珍宝　大暑　立足　磨牙　豪门　什锦　起身　出门　岁
月　同志　脂粉　序齿　始末　嚼舌（头，根）　丹青　落
第　王孙　穿戴　打秋风　山珍海味　五彩　红娘　买卖　写
意　黄汤　偷鸡摸狗　千秋　泥腿　名门　小户　三灾八难
乐府　买办　酒席　邻舍　再三　江湖　茶饭　天下　年庚
接风　海外　铺盖　头疼脑热　饮食　儿孙　笙歌　眼下　老
小　烟火　王公　孔孟之道　尧舜　管家　穿戴　出阁　四面
八方　反目　启齿　月下老人　山南海北　婚嫁　手足　孤拐
石榴裙　捏一把汗　四海　八方　涂朱（脂）抹粉　门户　正
室　金玉　出家　口齿　茶饭　燕尔　九天　破土　驸马　手

脚　花红柳绿　花鸟　西施　中秋　衣衫　陪客　斗鸡走狗　筋骨　蟾宫　十全　箕斗　过目　粗活　只许州官放火，不许百姓点灯　糟糠　天子　捐躯　旌旗　城郭　荆棘　巾帼　锱铢　青目（眼）　过门　数一数二　床帏　入耳　后生　灯火　开笔　挥毫　插手　坎肩　茶饭　绝粒　屋里人　跑腿儿　西席　饮食　三番五次　为人作嫁　盖头　傧相　唇舌　冰人　五色　家门　贪杯　回门　六亲　手下　三姑六婆　青丝　一尘不染　咽气　缟素　大户　挂齿

（三）委婉造词

先生　晚生　施主　老爷　小解　现成话　下世　仙逝　大人　小人　俯就　千金　天子　后生　令尊　令郎　令亲　令堂　采薪之忧　相公　芳龄　世兄　老人家　奴才　屈尊　华诞　拨冗　大驾　岂敢　寒门（兼）　归西　舍下　家父　发福　不才　芳心　小月　昆仲　奴家　芳名　家兄　欠安　易簧　解手　圆房　不测　不虞　羽化

（四）摹绘造词

历历　堂堂　茫茫　眷眷　炎炎　冉冉　比比　眼睁睁　唧咕　蹑手蹑脚　甜丝丝　颤巍巍　空落落　咯噔　凛凛　黑魆魆　硬帮帮（邦邦）　哎哟　汗津津　乱烘烘（哄哄）　丁当　呜呼　萧然　逶迤　哄然　迢迢　幡然　喘吁吁　隐隐　静悄悄　绵绵　纷纷　冷清清　赤条条　忿忿　盈盈　踟蹰　嘻嘻哈哈　趔趄　油汪汪　喊喊嚓嚓　明晃晃　咕咚　呵

呵　醉醺醺　咯吱　哼唧　呜咽　扑哧　幽幽　口口声声　潜

然　直瞪瞪　涎皮赖脸　嬉皮笑脸　袅袅婷婷　长吁短叹　踉

跄　金晃晃　怔怔　茫然　垂头丧气　葳蕤　咳声叹气　谆谆

直挺挺　悄悄　嚎啕　黢黑　斑斑　黄澄澄　巴巴　咕哝　讪

讪　汪汪　眉开眼笑　唛喋　沉甸甸　毛毛虫　手舞足蹈　前

仰后合　淅沥　脉脉　飔飔　笑吟吟　依依　皎皎　团团　皑

皑　潇潇　毛骨悚然　森然　络绎　哎呀　咬牙切齿　笑嘻嘻

倏然　闹穰穰（嚷嚷）　愁眉苦脸　热腾腾　赫赫　恹恹　焕

然　突突　面红耳赤　飘然　直撅撅（蹶蹶）　疯疯癫癫　冷

飕飕　朦胧（蒙眬）　默然　叨叨　森森　氤氲　团团　肃然

袅袅　悠悠　寂然　粼粼　蓬头垢面　溶溶　愕然　猛然　飒

飒　萧萧　惓惓　嗷嗷　忡忡　栩栩　倏然　空落落　咕唧

怅然　哭哭啼啼　朗朗　啾啾　唧唧　炯炯　簌簌　索然　快

快　噗嗤（哧）　战战兢兢　耿耿　呼啦啦（忽喇喇）　叮咚

（丁冬）　骨碌碌　冉冉　呆头呆脑　咕嘟　交头接耳　目瞪

口呆　面面相觑　低声下气　失魂落魄　奄奄　突突　探头探

脑　白花花　红扑扑　披头散发　假惺惺　黑油油　悚然　影

影绰绰　毛烘烘　团团　摩拳擦掌　扑簌簌　滔滔　假惺惺

马仰人翻　飘然　白茫茫　血淋淋　山响　滚热　闷闷不乐

哭哭啼啼　愁眉苦脸　面面相觑　依依　恹恹　念念有词　兢

兢业业　烈烈轰轰（轰轰烈烈）　偷偷摸摸　通红　飞红　稀

烂　冰冷　精光　苍白　火热　簇新　油光　苍翠　鲜红　烂

醉　飞快　好端端　热剌剌（辣辣）　气昂昂　乱纷纷　乱糟

糟　乱腾腾　气嘘嘘　红扑扑

（五）夸张造词

瞬息　登时　半晌　千古　须臾　不日　倏忽　俄而　万般　无双　鸦雀无声　百般　飞红　九死一生　目中无人　千方百计　一溜烟　万状　魂不附体　十分　日夜　百戏　夺目　片时　片刻　寸步　过目成诵　一目十行　弹指　九霄云外　千里眼　顺风耳　死力　粉身碎骨　千恩万谢　牵肠挂肚　断肠　魂飞魄散　一贫如洗　千言万语　转眼　怨声载道　死去活来　三天两头儿　肠断　提心吊胆　旦夕　一席之地　蝇头　无所不为　三言两语　滔天　一日三秋　百里挑一　火速　百发百中　立时　恨入骨髓　心惊肉跳　惊天动地　失魂落魄　叫苦连天　千载难逢　万籁　魂不附体　骨瘦如柴　一尘不染　百倍　片言　山响

（六）用典造词（例词与多个修辞造词类型交叉）

中山狼　黄粱美梦　定鼎　举案齐眉　云雨　东道　掩耳盗铃　束脩　垂青　矛盾　管窥蠡测　金蝉脱壳（兼喻）　负荆　东施效颦　推敲　羽化　做东　知音　红娘　春秋笔法　金兰　得陇望蜀　出类拔萃　顶缸　醍醐　天花乱坠　燕尔　天网恢恢　不郎不秀　高山流水　杯弓蛇影　解铃系铃　破镜重圆　为人作嫁　桑梓　冰人　风声鹤唳　飞黄腾达　刻舟求剑　……

（七）缩略造词

九州（兼）　五内　四书　五香　三从四德　八字　四肢

五经　八股　文房四宝　八卦

（八）复叠造词（与摹绘造词大量交叉）

种种　暗暗　断断　好端端　默默　嬷嬷　姥姥　哥哥
奶奶　姑奶奶　姐姐　太太　渐渐　妹妹　公公　婆婆　渐渐
连连　微微　草草　一一　重重　惶惶　草草　……